Beate Rothmaier

FISCHVOGEL

Beate Rothmaier

FISCHVOGEL

Roman

Deutsche Verlags-Anstalt

Nobody has to guess
That Baby can't be blessed
Till she sees finally that she's like all the rest

Bob Dylan

... aber mein schwankes Daseinsgefühl ist
noch empfindlicher geworden.

Nicolas Born

1

Das Ende der Plastikplane flatterte im Wind. Ein überschnelles Zittern, als wolle es sich losreißen und davonfliegen ins Zwielicht des verregneten Frühsommerabends hinein. Mika glaubte, den Fetzen mit ihrem Blick gebannt zu haben, als das Flattern nachließ und in wenigen langsamen Bewegungen verzuckte. Das Fenster hatte sich wieder geschlossen. Sie hob die Dose an die Lippen, kippte sie und sog. Träge rann Kondensmilch in ihren Mund, wo Mika die lauwarme Flüssigkeit mit der Zunge bewegte, dann schluckte. Der süßliche Geschmack beginnender Gärung füllte ihre Mundhöhle. Bitterkeit am Zungengrund. Sie schüttelte die Dose, noch gluckste etwas Milch in ihr, Mika suckelte die letzten Tropfen heraus. Sie lag auf einem Schaffell in dem Baumhaus, das sie sich aus Schaltafeln, Brettern und Bauplanen selbst gezimmert hatte. Ein Holzgehäuse hoch oben in den Ästen, groß genug für sie und ihre Schätze; Vogelkasten und Containerkiste in einem, hob es sie in die Wolken und trug sie in die Welt.

Der Wind frischte auf, ein Rufen drang an ihr Ohr. Wieder flatterte der Plastikfetzen, hob sich, senkte sich und öffnete den Blick vom Baumhaus auf die Straße, auf der fast nie jemand war. Jetzt stand da dieser Wagen. Bereits vor Wochen hatte Mika ihn zum ersten Mal gesehen, dann war er verschwunden gewesen. Ein himmelblauer Opel Kapitän mit Rostblasen an den Kotflügeln und einem auswärtigen Kennzeichen. Nie hatte sie jemanden einsteigen oder aussteigen, nie jemanden kommen oder weggehen sehen. Geräuschlos, als hätte ein Geist es hingestellt, war das Auto da, dann weg. Einmal hatte sie sich angeschlichen und durch die Scheiben gespäht. Das Innere des Wagens war sauber und aufgeräumt. Kein einziger Gegenstand, der Rückschlüsse auf seinen Besitzer zugelassen hätte. Nicht einmal eine Straßenkarte in den Seitenfächern oder ein zerknülltes Zigarettenpäckchen auf dem Boden. Nichts. Mika war sich sicher, dass der Wagen einem Mann gehörte, keiner Frau, wusste jedoch nicht, woher sie die Gewissheit nahm. Frauen besaßen kein Auto, und wenn doch, dann fuhren sie einen Käfer oder einen Mini. Kein rostiges Schiff wie den Opel.

An einem hellen Frühsommernachmittag saß eine dickliche Frau an ihrem Kinderbett und sang, draußen flüsterten die Birkenblätter und begleiteten die schleppende Stimme der Frau, die die Kinder »Gurke« nannten. An anderen Tagen putzte sie in Mikas Zimmer, jetzt aber sang und zwang sie sie in den Mittagsschlaf, eia popeia, was raschelt im Stroh, und Mika begann sich zu fürchten, denn sie wusste, was folgte. Guten Abend, gute Nacht, morgen früh, wenn Gott will, jederzeit konnte er sich, während sie schlief, entschließen, sie nicht mehr zu wecken, so lag sie mit aufgesperrten Augen, sah in die Düsternis des verdunkelten Zimmers und wagte kaum mehr zu blinzeln aus Angst, einzuschlafen und der göttlichen Willkür überlassen zu sein, die sie möglicherweise für immer würde schlafen lassen. So wachte das Kind, während die Frau sang. Und sang. Und irgendwann über Mikas Kopf strich, sie weckte und ihr mit dem Reißverschluss des Nickipullis in die Halshaut zwickte. Mika mochte Frau Gurke gern. Sie sang, während die Mutter Fahrstunden nahm, auf denen sie bestand, nun, da sie vier Kinder geboren hatte und noch immer jeden Einkauf mit dem Kinderwagen nach Hause karrte.

Ein leises Rufen drang an Mikas Ohr. Sie robbte von dem muffigen Fell an den Rand des Bretterbodens, öffnete die Luke ihres Baumhauses, warf die Strickleiter hinab, kletterte bis auf halbe Höhe des Birnbaums, stieg von dort weiter über die tragenden Äste und sprang in die Wiese. Nasse Gräser streiften ihre Beine unter den abgeschnittenen Jeans, als sie geduckt zur Hecke schlich und zwischen den Zweigen zum Haus hinübersah. Die Abendluft ließ noch nichts vom kommenden Sommer ahnen, lediglich ein kräftiges Licht flimmerte zwischen den Sträuchern hindurch in die Dunkelheit des wilden Gartens, in dem das Mädchen kauerte, dem hintersten Winkel des letzten Grundstücks einer baumbestandenen Vorstadtstraße. Hinter dem Haus endete die Straße in einer Sackgasse und ging an der Stelle, wo jetzt das Auto stand, in einen Trampelpfad über, der sich im Wald verlor. Nichts war zu hören, keiner mehr, der sie rief, und auch der Wind hatte sich gelegt. Auf ihrer Zunge speichelte ein Belag Kondensmilch.

Ihre Mutter trat aus der Hintertür, schlug die Seiten der Strickjacke vor der Brust übereinander, schlang die Arme um den Oberkörper und suchte mit den Augen die Hecke ab. Jetzt rief sie Mika noch einmal; das Mädchen zwängte sich ohne zu zögern durch das Gebüsch, sprang über den Zaun, lief geduckt auf die Mutter in der erleuchteten Türöffnung zu, und sie begrüßten sich wie Sportlerinnen mit einem Abklatschen der Hände.

2

Die anderen saßen bereits am Tisch, als Mika eintrat. Sie rutschte auf ihren Stuhl, schob die zerkratzten Hände unter die Schenkel, drückte die Ellbogen durch und sah in die Runde. Keiner sprach, jeder schien mit sich selbst beschäftigt zu sein. Vor Mika stand ein Porzellanteller mit geschwungenem Rand, auf dem eine Sülze lag. Das Auge einer Scheibe Ei schimmerte durch das graue Gelee. Mika zappelte mit den Beinen und griff nach einer Scheibe Brot.

»Was ist?« Sie sah sich fragend um. »Wo ist der Kleine?«

»Mika, wir müssen dir etwas sagen«, begann die Mutter.

»Lass mich das machen«, unterbrach sie der Vater, legte sein Messer weg und holte Luft.

»So sagt es doch einfach, he, ihr macht wieder alles falsch«, sagte Hardy und stöhnte.

»Und wie sollen sie es deiner Meinung nach machen?«, giftete Sten seinen älteren Bruder an.

Nick schwieg.

»Wo ist der Kleine?« Mika sah sich um. Der Hochstuhl stand in der Ecke, der kleinste ihrer vier Brüder, der einzige, der jünger war als sie, saß nicht am Tisch. Hardy, Sten und Nick schauten auf ihre Teller. Mika nahm die

Gabel und stach durch den Glibber dem Ei in die gelbe Pupille.

»Eben, darüber müssen wir reden«, sagte die Mutter.

»Aber zuerst essen wir.« Der Vater griff mit seiner Schaufelhand nach der Weinflasche und schenkte ein.

»Kommherrjesusseiunsergastundsegnealleswasduunsbescherethastamen«, sagte Sten, der mit dem Tischgebet dran war und endete, bevor einer der anderen Gelegenheit gehabt hatte, die Hände zu falten.

Der Vater wischte sich über die staubigen Haare. Büschelweise standen sie ihm vom Kopf. Dann hob er sein Glas und trank es in einem Schluck leer. Mika meinte, den Wein glucksend in seinem Hals verschwinden zu hören. Er griff nach der Flasche, hob den Blick und zwinkerte, bevor er nachschenkte, geschwind mit dem rechten Auge. Mika lachte. Etwas stimmte nicht. Etwas war falsch. Mika häufte Glibber auf ihr Brot. Sie schlenkerte ein Bein und kickte Nick vors Schienbein. Er warf ihr einen grimmigen Blick zu.

»Wo ist der Kleine?«, fragte sie tonlos.

Nick zog die Brauen zusammen und hob die Achseln. Mürrisch und verschlossen riss er sein Brot in Fetzen und rührte sie in die Sauermilch, die vor ihm stand. Trocken kratzte der Löffel über den Boden des irdenen Schälchens. Keiner sprach. Bis Hardy von der Politik anfing. Er diskutierte mit dem Vater über Gijom. Mika wusste, jetzt nicht zuzuhören, schützte sie nicht vor der Enttäuschung, die Brandt ihr bereitet hatte. Zwei Jahre zuvor waren sie mit Freunden und Bekannten der Eltern in einem Konvoi, den sie mit Wahlplakaten beklebt und mit Flugblättern, Gasflaschen, Luftballons und Flüstertüten ausgestattet hatten, übers Land gefahren, von Dorf zu Dorf, von Gehöft zu Gehöft, und hatten vor jedem Haus Wahlwerbung gemacht, hatten Prospekte für die Erwachsenen verteilt und einen roten Luftballon für jedes Kind, den der Bauer, kaum waren sie eingestiegen, um weiterzufahren, seinem Kind wieder abgenommen und hinter dem Traktor mit dem Gummistiefel zertreten hatte. Sie hatten sich nicht beirren lassen. Wochenlang waren sie und die Brüder Nachmittag für Nachmittag zu Fuß und mit dem Fahrrad unterwegs gewesen, um Wahlwerbung in jeden Briefkasten der Stadt zu werfen. Und Brandt hatte nach der Wahl weiterregieren können. Das war Mikas persönlicher Erfolg gewesen.

Und nun das. Gijom. Wütend stach sie mit der Gabel in die Sülze und fischte ein Stück Essiggurke heraus. Nick schlürfte Sauermilch vom Löffel.

»Ich will jetzt wissen, wo der Kleine ist.« Mika schrie fast.

Die Brüder und die Eltern redeten weiter. Selbst Nick mischte sich jetzt ins Gespräch. Es ging um Brandts Besuch in der kleinen Stadt vor anderthalb Jahren, bei dem, so behauptete Hardy, Guillaume den Kanzler begleitet habe. Sten und der Vater widersprachen, die Mutter erinnerte an ein Zeitungsfoto, das den Politikertross bei der Besichtigung eines Kinderheims zeigte, darunter den Spion; Hardy bestätigte das, Fronten bildeten sich.

»Mika, ihr habt doch damals mit dem Schulorchester gespielt. Erinnerst du dich nicht?« Wie sollte sie sich an jemanden erinnern, der damals für sie und alle anderen noch ohne jede Bedeutung gewesen war? Sie warf das Besteck auf den Teller.

»Was ist mit dem Kleinen?« Es war, als redete sie in einen Wattebausch. Ihre Worte erstickten in einem Vakuum, einem schalltoten Raum, der sie umgab.

»Wenn Wehner von der Bespitzelung gewusst hat, warum hat er sie nicht verhindert?«, wandte sich Hardy wieder dem Vater zu.

»Er konnte keine Kenntnis davon haben, zumindest hat er das behauptet.«

»Aber Wehners Vergangenheit, seine Kontakte zu Moskau, was ist damit?« Sten, der Zweitälteste, redete schnell, um sich Gehör zu verschaffen. Doch der Vater winkte ab.

»Entscheidend ist: Wann wusste Brandt wie viel? Er sagt, er habe halb Bescheid gewusst seit letztem Juni und ganz Bescheid seit März, das ist doch Irrsinn. Er hat sich von seinen Geheimdienstleuten selbst zum Agenten machen lassen. Aus Loyalität und im Interesse der nationalen Sicherheit hat er zwei Monate lang Guillaume getäuscht, das behauptet auch Genscher.«

»Oder er wusste die ganze Wahrheit schon länger und hat das Geheimdienstspiel fast ein Jahr lang gespielt«, sagte Hardy.

»Das ist ja widerlich.« Sten verzog das Gesicht.

»He. Kann mir mal einer Antwort geben? Ich bin auch noch da!«, rief Mika dazwischen. Doch Hardy bedeutete ihr, still zu sein. Mika sah die Mutter an, die jetzt aufstand und den Tisch abzuräumen begann. Der Vater redete weiter.

»Nun ja, Genschers Verhalten ist undurchsichtig, immerhin hat Brandt von ihm als Innenminister erwartet, dass er den Spion entfernt, was er nicht getan hat. Und jetzt ist er unter Schmidt Außenminister, das hat sich doch gelohnt für ihn, und Wehner hat Brandt immer wieder zum Rücktritt gedrängt. Klar ist nur eins: Alle wussten, wer Guillaume war, und haben ihn nicht entlarven, sondern kaltstellen wollen. Bis im Kanzleramt diese Panne passiert ist und Guillaume, während er mit Brandt im Urlaub war, alle Geheimtelegramme und entschlüsselten Fernschreiben, ja sogar einen Brief von Nixon gelesen hat.«

»Welche Panne?«, wollte Sten wissen.

Da sprang Mika vom Stuhl auf und rannte aus dem Zimmer. Krachend fiel die Tür hinter ihr zu. Lange saß sie auf dem Klo und blätterte in einem Comicband mit dickschenkligen Frauen in Absatzstiefeln, den Hardy hier vergessen hatte. Irgendwann fror sie und ekelte sich.

In der Diele rappelte die Klingel. Mika zog sich die Hosen hoch und verließ die Toilette. Der Hausschlüssel ließ sich nur schwer drehen, und die rostige Klinke gab ihr feines Eisengeräusch von sich, als Mika die Tür öffnete. Keiner da. Sie rief, erhielt keine Antwort, trat einige Schritte vors Haus und blickte sich um. Niemand zu sehen. Als sie zurückging und die Tür wieder schließen wollte, hörte sie ein Zischen in ihrem Rücken. Angespannt spähte sie in die Frühsommernacht, meinte, etwas glitzern zu sehen, konnte aber nicht erkennen, was es war. Sie löschte das Licht im Gang und starrte in die Dunkelheit, bis die Augen zu tränen begannen. Nur das Funzeln der Bogenlampe beim Garagentor erhellte den Kiesweg, der vom Haus zur Straße führte. Das Glitzern war verschwunden.

»Zeig dich«, rief sie in die Richtung, in der sie es gesehen hatte. Nichts bewegte sich. Nur der Wind begann sacht zu blasen, und die Rosen an der Hauswand nickten mit den

Köpfen. Mit einem Laut des Unwillens wollte Mika die Haustür zuschmeißen, als die Scheinwerfer des himmelblauen Opels aufleuchteten und den Straßenbelag in ein fahles Grau tauchten. Wieder trat sie einen Schritt vor die Tür, doch da wurde der Wagen gestartet und fuhr mit quietschenden Reifen davon. In einem Satz jagte er an ihr vorüber und über die Kuppe, wo er in der Nacht verschwand. Hinter ihr flammte das Deckenlicht auf, und der Vater legte den Arm um sie.

»Komm.« Er schloss sanft die Tür und führte sie zurück zu den anderen. »Wir müssen noch etwas besprechen.«

Die Brüder debattierten lauter und hitziger als zuvor, die Mutter räumte den Tisch ab und fuhrwerkte in der Küche herum. Als sie zurückkam, verlangte sie mit ruhiger Stimme ein Ende der Diskussion. Alle drei setzten sich an den Tisch, die Brüder verstummten, und endlich sprachen sie über den Kleinen, der heute nicht mit zu Abend habe essen können, der bereits schlafe, dessen Zustand so labil sei, dass er, so würden die Ärzte empfehlen, zu Hause bleiben müsse, nicht reisefähig sei, zumindest nicht in den bevorstehenden heißen Sommerwochen, schon gar nicht für eine Autoreise von über tausend Kilometern. Mika schwieg. Sie wusste sofort, was das bedeutete. Die Familie würde nicht nach Dänemark reisen, in das kleine Bootshaus am Fjord, das über dem Wasser schwebte und in dem sie die großen Ferien verbrachten, seit Mika denken konnte. Stundenlang hatten sie und die Brüder im Wasser getobt, getaucht, gerauft und waren erst, wenn sie blaue Lippen und Gänsehaut hatten, auf den silbrigen Steg vor der Hütte geklettert, wo sie sich in der Sonne trocknen ließen. Tag für Tag im Wasser sein, mit einem alten Kahn über den Fjord paddeln, auf der Suche nach Heidelbeeren durch die schwarzen Wälder streifen, Treibholz sammeln am Strand, Steinmännchen bauen und Muschelketten aufziehen. Spätabends, wenn das nordische Nachtlicht noch durch das Fenster des Badezimmers streifte, betrachtete Mika ihren Rücken mit einem Taschenspiegel, auf der Suche nach den ersten Schuppen, den Anzeichen dafür, dass sie sich verwandelte. Meerjungfrau wollte sie sein. Doch fand sie immer nur ein paar glitzernde Körnchen Sand, das getrocknete Fetzchen eines Blatts oder einer Alge und auch zwischen Fingern und Zehen nie die Andeutung einer Schwimmhaut, nicht eine einzige kleine Ausbuchtung der Haut da, wo die Fluke sich bilden müsste. Nachts band sie mit dem Gürtel ihres Bademantels die Beine aneinander, doch wollten sie nicht zusammenwachsen.

Lange schon glaubte sie nicht mehr daran, dass sie sich eines Tages verwandeln würde, dennoch wollte sie an den Fjord. Alles sollte sein wie immer. Alles sollte bleiben wie immer. Jetzt spürte sie, wie der Mahr sie packte.

Sie sprang vom Stuhl auf, rannte um den Tisch, schimpfte und riss an den Schultern der Mutter, des Vaters, die beide nicht verhinderten, dass der Kleine ihr Leben fraß, dass, je kränker er wurde, je öfter und länger er abwesend war, sich desto mehr alles nach ihm richten musste. Nach ihm und immer nach ihm.

Mika rannte zur Hintertür und in die Nacht hinaus. Durch den Garten, über die Hecke, über die wilde Wiese. Sie tobte und teufelte und trat den Birnbäumen gegen die moosbewachsenen Stämme. Gleichmütig neigten diese die Kronen und schüttelten das Geschrei aus dem Blattwerk in den Nachtwind. Verdrossen ließ Mika sich auf den Boden fallen, schlug mit einem Stock ins Gras und versuchte, sich etwas auszudenken. Gelbe Augen sahen ihr von der Straße aus zu, und schnell, als hätte sie den Blick gespürt, krallte sie sich an den Baum, griff in Astlöcher, wand sich nach oben, erreichte die Strickleiter und kletterte in ihr Baumhaus. Lange saß sie da in der Dunkelheit und hielt, um nicht zu heulen wie ein Kind, die Hand vor den Mund. Erst das Flattern des Plastikfensters im aufbrisenden Wind beruhigte sie. Aus einer Blechschatulle nahm sie eine Taschenlampe und ein Buch.

3

»Wir Weißen müssten den Wilden notwendigerweise wie übernatürliche Wesen vorkommen – wir träten ihnen in der Machtvollkommenheit einer Gottheit gegenüber.«

Und so weiter. Mika hatte das Buch ihrem ältesten Bruder Hardy entwendet, ein Abenteuerroman, so hatte sie gehofft, und nun das. Seite um Seite der Bericht eines heruntergekommenen Elfenbeinhändlers im Urwald, der nach hundertachtzehn von hundertachtzig Seiten selbst noch nicht ein Mal in Erscheinung getreten war. Bis jetzt war von ihm immer nur die Rede gewesen, hatte ein Kapitän, der ihn mit seinem Dampfboot besuchen wollte, zwar von ihm gehört, ihn jedoch noch nicht gesehen. Mika zwang sich weiterzulesen, folgte ungeduldig dem alten Dampfer den Kongo hinauf, wo er angegriffen wurde von den Eingeborenen. In das leise Klappern der Pfeile, die auf Deck fielen, mischte sich das Rufen eines Käuzchens. Sie hörte es nicht, denn vor ihren Füßen lag der Rudersmann mit glasigen Augen und starb. Mika half, den Speer aus seiner Seite zu ziehen und den toten schwarzen Mann über Bord ins Wasser zu hieven, wo sein Körper flussabwärts trieb, dem Heulen des Käuzchens zu.

Unter die Dunstglocke der Versunkenheit schob sich ein Lockruf in ihr Bewusstsein. Sie hob den Kopf. Nick. Er war schon bis auf halbe Höhe in die Krone des Birnbaums geklettert, wo er in einer Astgabel kauerte und zwischen den Daumen hindurch in die gehöhlten Hände blies. Der Käuzchenruf. Mika warf die Strickleiter hinab und reichte dem Bruder, sobald dessen Kopf über dem Bretterboden erschien, die Hand. Nebeneinander hockend berührten sie sich nicht.

»Was wirst du jetzt machen?«, fragte sie. Sie hätte gern Pläne geschmiedet, wollte in die Ferne aufbrechen mit Nick, schlimmstenfalls allein.

»Ich fahr mit den Großen und ein paar Leuten an den Fjord. Sie wollen ohne die Eltern los und nehmen mich mit, haben sie gesagt.«

»Da komm ich auch mit.« Entschlossen öffnete Mika die Blechdose, legte Buch und Taschenlampe zurück und begann, in den Winkeln ihres Baumhauses herumzukramen. Sie packte ihre Habe in die Hirtentasche: das Stofftäschchen mit dem Taschengeld, einen dunkelblauen Plastikbeutel mit Tabakkrümeln und Knisterpapierchen, den Sten ihr mal überlassen hatte, den geklauten Lippenstift, die Blechdose. Zuletzt setzte sie die Mütze mit den langen Bändern auf, die sie selbst gestrickt hatte. Sie trug sie draußen, wenn es kalt war, und im Sommer heimlich hier im Baumhaus. Statt sie unter dem Kinn zu binden, ließ sie die Bänder offen und warf sie, als seien es Zöpfe mit Pinseln, mit einer nachlässigen Handbewegung oder einer raschen Kopfbewegung über die Schultern auf den Rücken, wo sie bis zur Taille reichten und über dem Po endeten. Nun war sie reisefertig. Nick sah sie an.

»Du kannst nicht mitkommen«, sagte er. »Die Großen wollen es nicht. Sie wollen unter sich sein. Mama sagt auch, du bist noch zu klein.«

»Und warum darfst du dann mit? Du bist nicht einmal ein Jahr älter als ich.«

Nick wandte sich ab, sah ins Unbestimmte.

»Du bist ein Mädchen, außerdem.«

Mika schlang die Arme um Nicks Hals, ließ sich nach hinten fallen und zog ihn herab. Sie presste ihn an sich, drückte mit all ihrer Kraft. Sechs Wochen allein mit den Eltern und dem Kleinen, der zu nichts zu gebrauchen war, klein und krank, wie er war. Zu Hause sitzen, die Brüder und alle Freundinnen verreist, Ödnis eines langweiligen Mädchensommers, ständig im Suchscheinwerfer der Erwachsenen. Sie drückte den Bruder, er wehrte sich, sie klammerte fester. Nick wand sich und konnte seinen Oberkörper befreien. Sie rangen. So viele Bücher gab's gar nicht, um über die grenzenlose Eintönigkeit nicht enden wollender Sommerwochen ohne die Brüder, ohne den Fjord und das Bootshaus hinweggetröstet zu werden. Wieder umschlang sie ihn und schloss die Armklammer, indem sie die eigenen Handgelenke umfasste. Nick schüttelte sich, Mika umarmte ihn mit ganzer Kraft und krallte sich jetzt an ihm fest. Noch einmal wand sich Nick, bekam jetzt ihre Unterarme zu fassen, riss ihr mit einem Seufzer die Hände auseinander und befreite sich aus ihrem Griff. Mika sprang ihm, als er sich aufsetzte, auf den Rücken, versuchte noch einmal, ihn zu bezwingen, sie klammerte, er zappelte, bis er sie abwerfen konnte und sie ein weiteres Mal unterlag.

Als sei nichts gewesen, begann sie wieder zu kramen, fand eine hellblaue Dose mit Kondensmilch, stach mit der Spitze ihres Taschenmessers ein Loch in den Deckel und sog die weißliche Flüssigkeit heraus. Nick verzog das Gesicht, als sie ihm die Dose hinhielt, nahm sie dann doch und trank gleichfalls. Seine Flaumhärchen stellten sich auf, und eine Gänsehaut überzog seine nackten Arme und Beine. Mika legte ihre Hand auf seinen Oberschenkel und schob die Fingerspitzen die Innenseite seines Schenkels hinab, dorthin, wo die Haut am weichsten ist. Sie lächelte ihn an. Nick zuckte und hob den Kopf. Seine schulterlangen Fransenhaare büschelten im Nachtlicht.

»Nicht«, flüsterte er leise.

Mika konnte seine Augen nicht sehen. Sie zog die Hand zurück, nahm die Dose, schüttelte sie und zwang sich einen weiteren Schluck der dicklichen Flüssigkeit in den Mund.

»Sieh mal, ganz weiß.« Sie streckte die Zunge heraus.

»Mika, lass uns gehen, es ist schon spät.« Jetzt fing sie seinen Blick auf aus der Nacht und auch die flehentliche Verzweiflung, die darin lag.

Früh am nächsten Morgen rannte Mika mit schlenkernden Armen ums Haus, riss das Tor zum Schuppen auf, rumpelte herum, schob im Laufschritt ein altes Fahrrad durch den Garten, sprang auf und quälte sich, in den Pedalen stehend, die Straße hinauf. Doch kaum hatte sie die Steigung überwunden, schoss sie in fliegender Hast die Bergstraße hinab und strampelte, um das Gefährt noch weiter zu beschleunigen.

Wie jeden Morgen war sie allein aufgestanden, wie jeden Morgen zu spät. Sie verspätete sich noch öfter als im vergangenen Schuljahr, damals tuschte sie die Wimpern noch nicht und bürstete auch das Haar, das ihr wie eine Kappe auf den Ohren lag, nicht viele Male rechts-, dann nach linksrum aus der Stirn, um sich dabei immer weniger zu gefallen. Jetzt fuhr ihr der Fahrtwind ins Gesicht, zauste ihren Schopf und wischte ihr das Schwarz von den Wimpern. Dunkle Schlieren Tusche und Tränenwasser trieb er über ihre Schläfen. Das Rad an einen Zaun geworfen, noch im Laufen über den Schulhof, wischte sie sich mit dem Ärmel über das Gesicht, spuckte in die hohle Hand und putzte damit die Augenwinkel aus. Dennoch lachten alle über den verheulten Kobold, der wieder einmal fast eine halbe Stunde zu spät das Klassenzimmer betrat.

»Was, du gehst nicht ans Meer dieses Jahr, darfst auch mit deinen Brüdern nicht hin?«, flüsterte Ellen. Sie schien es nicht fassen zu können. Mit vorgeschobener Brust schüttelte sie ihr Haar nach hinten. Es rauschte über die Schultern und sammelte sich in ihrem Rücken zu einem hellen Wasserfall.

Mika senkte den Kopf. Sie sagte nichts mehr. Es war ein Fehler gewesen, ihre beste Freundinfeindin einzuweihen, sich gar Trost zu erhoffen von ihr, die nun beschied, sie selbst sei ja für vier Wochen an der Adria und davor jeden dritten Tag beim Reiten, doch an den anderen Tagen könnten sie gern einmal miteinander zum Baden, warum nicht? Und Mika schnappte nach dem Almosen und tat gleichgültig und hasste sich dafür, dass sie es nötig hatte.

»Und sie fahren alle drei dorthin? Nick auch?« Ellen, die ohne Geschwister aufwuchs, beneidete Mika um ihre große Familie. Derzeit schwärmte sie für Nick. Anfangs hatte Mika ihr immer wieder erzählt, wie sehr sie sich über die Brüder aufregte, und dann, als sie merkte, dass sie dadurch Ellens Neugier anstachelte, die Taktik gewechselt und erzählt, wie gut sie sich mit den Brüdern verstand: dass sie mit ihnen Moped fahren und ihre Platten ausleihen konnte, auch die ganz neuen, *ELO 2, Dark Side of the Moon,* Lynyrd Skynyrd, *Over-Nite Sensation.* Mika hatte das geübt und ließ jetzt Ellen wie nebenbei wissen, dass sie die Geheimsprache einer verschworenen Gemeinde sprach und auch, wie sehr sie, Ellen, die sich gerade den Soundtrack von *Jesus Christ Superstar* und die neue Platte von Abba gekauft hatte, davon ausgeschlossen war. Und, fuhr sie fort, dass Nick ihr das Fahrrad reparierte und rosa anmalte, wenn sie das nur wollte, dass Hardy ihr das Poster von Janis Joplin dalassen würde, wenn er zum Zivildienst fortging, er musste nur noch die dritte Verhandlung hinter sich bringen, schon gehörte das Poster ihr, und, Mikas letzter Trumpf, dass sie von Sten ein Piece bekommen und alles erfahren hatte über das Küssen und so. Wütender und wütender wurde Mika, und je mehr sie sich in Rage redete, desto lieber hatte sie ihre Brüder, desto mehr fiel ihr ein, und davon war nur etwas mehr als die Hälfte erfunden.

Ellen schüttelte ihr Haar und sperrte die Augen auf.

»Wir reißen aus und trampen zu ihnen nach Dänemark. Das ist schrecklich romantisch.«

»Vergiss es.« Mika versenkte ihren Kopf in der Schultasche auf der Suche nach dem Zirkelkasten, den sie doch nicht mehr brauchte, denn in wenigen Tagen würde das Schuljahr zu Ende sein.

Es war ein kühler Mittwochvormittag, und für Mika hatte sich nichts geändert. Die Zeugnisse wurden verteilt, dann klingelte es, und die letzte Stunde des letzten Schultags begann. Dahinter lag eine öde Ebene endloser Sommertage, leer wie die Asphaltfläche des Schulhofs nach Ferienbeginn, leer bis auf ein letztes, vor sich hinrostendes Vehikel ohne Nummernschild. Das war Mika.

Mit aller Kraft trat sie das Rad den Berg hinauf. Ihr Zeugnis war schlecht, sie war nur knapp versetzt worden, doch das war ihr gleich. Auch die anderen würde es nicht interessieren.

Ellen hingegen wurde für jede Note unter einer Drei in einem fein abgestuften System der Erniedrigung bestraft. Ihr Vater war Unteroffizier in der Kaserne am Stadtrand und erwartete von ihr ein Einserabitur mit anschließendem Doktorat in Jura. Das war die Mindestanforderung, die er Ellen bereits beim Übertritt aufs Gymnasium unterbreitet hatte und in einem fünfseitigen Vertrag über schulische und außerschulische Verpflichtungen, zu denen auch, wie der Herr Hauptfeldwebel es ausdrückte, die Wahrung der Jungfräulichkeit gehörte, ausformuliert hatte. Ellen hatte ihn ohne ein Widerwort unterschrieben. Ganz zu Anfang ihrer Freundschaft hatte sie Mika das Papier einmal sehen lassen, doch jetzt tat sie, als wüsste sie nicht, wovon die Rede war, wenn Mika sie danach fragte. So würde sie für die Drei in Latein fünfmal das Bad putzen müssen und für die Vier in Mathe zehnmal auf Knien den Fußboden schrubben. Außerdem würde sie für den schlechten Gesamtdurchschnitt von zwei Komma eins zwei Wochen lang auf das Abendessen verzichten und stattdessen das Versäumte nacharbeiten.

Mika hätte gern eine Strafe erhalten, wenn sich nur jemand dafür interessierte, dass sie ein Zeugnis bekommen hatte und dass darin durchaus auch schlechte Noten standen.

Schwitzend kam sie auf dem Hügel an und ließ das Fahrrad ausrollen, die wenigen Meter hinab und über die von Grasbüscheln überwachsene Einfahrt, deren Tor schon lange fehlte. Sie betrat das stille, kühle Haus durch die weit offen stehende Tür. Keiner zu sehen. Von fern das helle Klingen des Schlageisens auf Stein. Der Vater war im Atelier und wollte bei der Arbeit nicht gestört werden. So strich sie durchs Haus, in die Küche, wo vom Frühstück noch die Kaffeetassen standen, und suchte etwas Essbares. Der Kühlschrank, der Brotkasten, leer. Der Vater aß nicht, während er arbeitete, die Mutter und der Kleine waren weg, die Großen sowieso. Keine Nachricht auf dem Tisch.

Mika warf die Tür ihres Zimmers hinter sich zu und leerte den Inhalt ihrer Hirtentasche in den bunt bemalten Bauernschrank; Hefte, Zeugnis, Stifte, Krümel, Kaugummipapierchen, dann füllte sie den Beutel mit ihren Sachen für die Reise. Die Schätze aus dem Baumhaus, ein bisschen Wäsche, Bikini, Ringelpulli, ein Paar Jeans, über den Knien abgeschnitten. Sie setzte die Mütze auf, warf die Zöpfe auf den Rücken, schloss den Reißverschluss ihres Parkas, legte sich aufs Bett und verschränkte die Arme hinter dem Kopf.

An der Zimmerdecke verfolgte sie das haarfeine Mäandern einer Wasserlinie und deren Schattierungen. Überbleibsel eines Regeneinbruchs durch das undichte Dach im vergangenen Herbst. Die Krümmungen und Windungen des ausufernden Ovals, die sich nach langer Wanderschaft als

Anfang und Ende im Weiß der glatten Fläche fanden, wurden zum Zeichen für ihr Leben. Wohin sie auch ging, am Ende würde sie wieder da ankommen, wo sie angefangen hatte. Schlimmstenfalls bei sich selbst. Und so trippelte ihr Blick in kleinen Schritten über die Zimmerdecke, immer im Kreis herum.

Sie musste eingeschlafen sein, denn als ein Quietschen von Autoreifen unten auf der Straße sie weckte, war es bereits Nachmittag. Ein kreischendes Gitarrensolo, das abrupt verstummte, Türenschlagen, die Stimmen der Brüder und ihr Getrappel im Treppenhaus. Sie suchten ihr Zeug zusammen. Mika sprang vom Bett und stopfte hastig die Mütze in ihre Tasche. Dann lauerte sie hinter der Tür, bis die Brüder sich im Haus verstreut hatten. Ihr Bündel an sich gepresst, schlüpfte sie aus dem Haus und huschte in Hardys Auto, einen orangefarbenen Käfer mit Rostausschlag an den Türkanten. Dünn, wie sie war, versank sie im Fußraum hinter dem Fahrersitz, wo sie zusammengekauert verharrte.

Sie freute sich auf die Zeit am Fjord. Nur mit den Brüdern und deren Freunden. Sie würden in den Tag hineinleben, Fische grillen und Bier trinken. Die Eltern, der Kleine, die Krankheit, das würde weit hinter ihr zurückbleiben, wäre schon fast Vergangenheit, so wie die vielen Sommer, in denen sie unbeschwert gewesen waren. Fröhlich fast. Letztes Jahr noch hatten sie ihn dabeigehabt, kaum dass er laufen gelernt hatte. Er war am Strand herumgetappt und alle paar Meter auf sein Windelpaket geplumpst. Von der Krankheit keine Spur.

Jetzt war alles anders. Mika hasste alle und wusste, bliebe sie allein hier, würde sich keiner um sie kümmern, also konnte sie auch weg sein, verschwunden, tot sogar, ja, tot wollte sie sein, im Grab liegen mit wächsernem Gesicht und auf die Würmer warten. Die würden ihren Körper fressen und wieder ausscheiden und, wie der Pfarrer es ausdrücken würde, in Erde verwandeln; kleinste Häufchen und Körnchen würden sie ausscheiden, und das wäre Mika gewesen. Mitsamt dem Eichensarg, den sie sich hoffentlich würden leisten können, und dem Spitzenkleid, prächtiger als ein Brautkleid, würden die Maden sie unters Erdreich mischen. Mika würde den Gevatter Tod heiraten und sich auflösen in ihm. Wie der erschossene Steuermann, den sie mit dem Kapitän über Bord geworfen hatte, der, im Wasser liegend, die Fische nährte. Mit ihren dicklippigen Mäulern machten sie sich an ihm zu schaffen, nachdem er tagelang gequollen und zuletzt ganz aufgeweicht von den Fischen entdeckt worden war. Das hatte sich der Kapitän vorgestellt, als er den Leichnam meerwärts treiben sah, das Hemd zur blauen Blase gebläht. Kein Gebet, nicht ein Wort des Gedenkens kam ihm über die Lippen, stumm stand er, Mika neben sich, und sah dem schwarzen Mann nach auf seinem langen Weg in den Tod, während das Dampfboot mit ihnen beiden stromaufwärts keuchte, in den Bauch des Urwalds hinein, wo sie, doch das wussten weder der Kapitän noch Mika, weiter nichts erwartete als noch mehr Verwesung und Tod.

Die Fahrertür wurde aufgerissen, einer warf sich auf den Sitz, drehte das Radio an und wippte zur Musik, dass die Lehne an Mikas Kopf schlug. Sie biss die Zähne zusammen und duckte sich tiefer in den Fußraum des kleinen Autos. Bald würden die beiden anderen kommen. Hardy würde fahren, da er als Einziger den Führerschein besaß, Sten würde darauf bestehen, Beifahrer zu sein, so müsste Nick hinten sitzen, und er, so hoffte Mika, würde sie nicht verraten. Als blinder Passagier würde sie ans Meer reisen.

Es kam jedoch anders, denn der Krankenwagen fuhr vor. Über die Schulter ihres ältesten Bruders sah sie den bleichen Wagen ohne Lichtsignal und Martinshorn geräuschlos vor das Haus rollen. Die Mutter stieg aus und wischte sich mit der Hand den Rock glatt, dann das Gesicht. Gemeinsam mit dem Fahrer hob sie den Kleinen von der Trage im Wagen. Sie nickte dem Sanitäter kurz zu und wandte sich zum Haus. Durchscheinend blass lag das Kind in ihren Armen und schlief. Sein kahler Schädel rollte hin und her. Hardy machte die Musik aus und lief ihr entgegen. Sie übergab ihm das Kind, knipste die Handtasche auf und nahm ein Taschentuch heraus, mit dem sie sich wieder und wieder über Augen und Nase wischte. Als sie es wegsteckte und die Handtasche wieder zuschnappen ließ, stand sie still und sah vor sich auf den Boden, mit rundem Rücken wie eine alte Frau. Dann besann sie sich, hob den Kopf und trat ins Haus. Der Türschlund verschluckte ihre aufrechte Gestalt.

Mika duckte sich wieder hinter den Sitz, ratlos, was jetzt zu tun sei. Lange kauerte sie und wartete auf die Brüder, doch nichts geschah. Ameisenkolonnen krochen in ihren eingeschlafenen Beinen auf und ab. Sie bewegte die Füße etwas, streckte das eine, dann das andere Bein. Nahm das Buch heraus und begann zu lesen. »Die Erde ist für uns ein Ort, auf dem wir leben, auf dem wir fertig werden müssen mit Bildern, Klängen, auch mit Gerüchen, weiß der Himmel! – auf dem wir sozusagen Flusspferdaas riechen müssen, ohne uns vergiften zu lassen.«

Mika roch das verweste Fleisch, es war ihr eigenes, nachdem sie sich selbst vergiftet hatte. Sie glaubte zu wissen, wovon der Kapitän sprach. Sie sog die Worte von seinen Lippen. Englisch, sie musste Englisch lernen. Der breite Purpurstreifen der Tunika war das Ehrenrecht des Senatorenstandes, der schmale Purpurstreifen das Ehrenrecht des Ritterstandes. Wozu? Würde sie je Senatorin werden? Sicher nicht im alten Rom. Kapitänin hingegen, das war was. Was nützte ihr die Kenntnis der dritten Deklination und die korrekte Verwendung des Ablativus absolutus? Mika wollte mit dem Kapitän sprechen, verstehen, was der Elfenbeinhändler ihm anvertraute, nur weil er endlich wieder Englisch sprechen konnte und darüber so erleichtert war. Mika wollte wissen, warum Hendrix »somewhere a queen is weeping« sang, und was die Brüder zueinander sagten, wenn sie nicht wollten, dass sie etwas verstand. Kapitänin wollte sie sein. Hinausfahren in die Welt. Da wurde die Beifahrertür aufgerissen, und ein säuerlicher Geruch breitete sich aus. Stens blonde Locken, die er seit Wochen nicht mehr wusch, hatten sich zu einem Gewölle verdichtet, das ihm wie die Füllung einer Rosshaarmatratze auf dem Kopf lag. Mika bewegte sich nicht.

»He, Mick, was machst du da?« Sie presste die Lippen aufeinander, zog die Brauen zusammen. »Du kommst nicht mit, falls es das ist, was du vorhast. Wir treffen die Clique, und da können wir dich nicht brauchen. Komm raus jetzt.« Sten klappte die Lehne nach vorn und streckte ihr die Hand hin, doch Mika schüttelte den Kopf.

»Raus da. Es gibt Essen. Komm schon.« Er packte sie am Arm und versuchte, sie aus dem Auto zu ziehen. Sie entwand sich ihm.

»Sei nicht so stur, du Nervensäge. Immer musst du trotzen.« Er packte ihre beiden Handgelenke, zerrte wieder an ihr, aber sie sperrte sich, indem sie die Beine streckte und sich im Fußraum des Autos verkantete. Da gab Sten auf und warf die Beifahrertür zu. Ein Schlag. Stille. Mika atmete auf. Doch da kam ihr Bruder durch die Fahrertür und konnte nun ihren Oberkörper umschlingen und sie mit einem Ruck aus ihrem Versteck reißen. Der Beutel verhakte sich an ihrem Bein und rutschte auf die Straße. Buch, Lippenstift, Monatsbinden fielen in den Rinnstein. Mit spitzen Fingern griff Sten sich eine und hielt sie in die Höhe.

»Sieh mal an. Ist es schon so weit? Meinst du, dass du jetzt dazugehörst, du Hühnchen?« Er lachte. »Das müssen die anderen sehen.«

Mika schnappte nach der Binde, wollte sie ihm entreißen, doch Sten hielt sie hoch über den Kopf, und sie hätte in die Höhe springen müssen wie ein Hund nach dem Stöckchen. Sie überlegte blitzschnell. Dann raffte sie ihre Habseligkeiten zusammen und versuchte flink, wieder in das Auto zu gelangen, doch Sten hatte die Tür bereits abgeschlossen. Sie wollte auf die andere Seite rennen, er packte sie am Oberarm und zerrte sie ins Haus.

»Seht mal, wen ich gefunden habe.« Triumphierend führte er sie an den Tisch, schubste sie auf einen Stuhl und wedelte mit der Binde in der Luft. Mika verschränkte die Arme vor der Brust und sah aus dem Fenster in den Garten. Wie immer nahm sie die Schikanen ihrer Brüder schweigend hin. Sie petzte nie. Ließ sich danach aber auch nicht versöhnen. Sie hörte sich Entschuldigungen an, Beschimpfungen, schwieg zu allem und ließ sich weder überlisten noch überrumpeln. Sie war das unversöhnlichste Wesen. Das war ihre einzige richtige Waffe. Selbst wenn sie sie kitzelten, alle drei gemeinsam, und sie lachen musste, lachen bis sie kreischte, dann schrie, sprach sie kein Wort. Auch wenn sie sie foppten und Sprüche machten – sieh mal, jetzt zickt sie wieder, lass sie doch, Prinzessin auf der Erbse, komm, hat doch keinen Zweck, die hat sie nicht mehr alle – und sich abwandten, sprach sie kein Wort. Sie wussten es und beachteten sie dann einfach nicht mehr.

Beim Essen redeten sie über die Fahrt nach Dänemark, welche Route sie nehmen, welche Freunde sie treffen, was sie alles einpacken würden: Zelt, Überzelt, Gestänge, Heringe, Zelthammer, Gummiringe, Luftmatratzen, Schlafsäcke. Ob die Ausrüstung vollständig sei, vor allem die Zeltstangen, ob sie das Zelt nicht probehalber aufbauen sollten im Garten? Ach was, wird schon gehen, das Kochzeug, willst du hier das Mädchen machen, oder was? Aber wir müssen doch was essen, Quatsch, essen, wir schwimmen und saufen und schwimmen und braten was am Feuer. Feuer machen ist verboten, scheißegal, wir lassen es drauf ankommen. Den Kaffee kochen wir im Bootshaus. Hardy und Sten zwinkerten sich zu.

Weit weg hörte Mika das klingende Hämmern aus dem Atelier und die Mutter, die hin und her lief.

»Warum nehmt ihr das Zelt überhaupt mit, ihr habt doch genug Platz im Haus?« Sie hielt sich die Hand vor den Mund, weil sie nun doch geredet hatte. Die Brüder sahen sich vielsagend an und grinsten. Mika blickte von einem zum anderen. Da war etwas, das sie nicht wissen sollte. Die Brüder hatten etwas vor, wovon sie ausgeschlossen war. Eine unsichtbare Grenze trennte die Geschwister. Die großen Brüder auf der einen, Mika und der Kleine auf der anderen Seite. Immer hatten sie und Nick zusammengehört, doch jetzt war sie von ihm und den beiden Großen abgeschnitten. Sie sah aus dem Fenster in den verwilderten Sommergarten. Kniehoch stand das Gras, überfüllt mit Wiesenblumen, Bienen summten, Vögel hüpften darin herum, da und dort tanzte ein Schmetterling. Eiskalt griff ihr Nicks Verrat in den Bauch. Aufstehen und raus.

Da patschte eine kleine Hand auf ihren Schenkel.

»Ickiii.« Der Kleine lächelte sie an, sie riss sich zusammen, fasste ihn unter den Achseln und hob ihn auf ihren Schoß. Dann ließ sie die Hände mit den ausgestreckten Fingern vor dem Gesicht des Kleinen in engen Kreisen tanzen und summte, was die Grand-Maman der Mutter und die Mutter ihnen allen vorgesungen hatte.

»Ainsi font – font – font les petites marionettes, ainsi font – font – font«, sie drehte die Hände umeinander, als wolle sie etwas auf- oder abwickeln, »trois p'tits tours et puis«, sie versteckte die Hände hinter dem Rücken, »s'en vont«. Der Kleine drehte suchend den Kopf, zog dann ihre Hände wieder hervor.

»Noch mal.«

»Ainsi font – font – font«, und der Kleine sang mit ihr. Schüsseln und Töpfe, dampfendes Essen, Nick brachte Teller und Besteck und ein Schälchen mit einem pastellfarbenen Pulver. Mika tippte den Finger hinein und schleckte.

»Spinnst du, das ist die Medizin für den Kleinen«, sagte Sten. Mehrere Esslöffel zerstoßene Tabletten, weiß und rosa und blassgelb, mischte die Mutter jetzt unter den Kartoffelbrei, den der Kleine gleich wieder ausspuckte, als Mika ihn ihm einlöffelte.

»Komm, wir matschen.« Mika nahm die Gabel, zerdrückte das Gemüse, goss Bratensauce darüber und verrührte das Ganze zu einer bräunlichen Masse. Dann löffelte sie es sich selbst in den Mund und gab Laute der Begeisterung von sich. Der Kleine sah ihr staunend zu. Als sie den Löffel zum dritten Mal in den Mund schieben wollte, nahm er ihn ihr aus der Hand und aß selbst.

Mika lächelte. Über den Tisch hinweg begegnete sie den Augen ihrer Mutter.

4

Gelächter, die Stimmen der Brüder, dudelnde Radiomusik, näselnder Gesang, das Klingen der Zeltstangen in der dünnen Tuchhülle, das Klatschen einer Reisetasche, die in den Hausflur geworfen wurde. Schritte ins Haus und wieder hinaus. Rufen, Trappeln, Schlagen der Autotüren. Der Motor wurde gestartet, und bis Mika, die aus dem Bett gesprungen war, die Jeans gegriffen hatte und ans Fenster stürzen konnte, war das orangefarbene Auto hinter der Steigung verschwunden, und die Straße lag in der Stille des regnerischen Sommermorgens da. Mika zog mit einem Ruck den Vorhang wieder zu und sah auf die Uhr. Erst halb sechs. Sie riss sich die Jeans, in der sie mit einem Bein steckte, herunter, warf sie an die Wand und kroch ins Bett zurück. Dort lag sie im Dämmerlicht und kratzte die kleinen Holzstückchen aus der Raufasertapete. Lange starrte sie, ohne zu blinzeln, auf die helle Wand und schloss erst, als ihr die Augen zu tränen begannen, die Lider, die Wand wurde zur dunklen Fläche, die ausgekratzten Flecken verwandelten sich in Lichtpunkte, in Sternbilder am Nachthimmel, den Mika absuchte. Wasserschlange, Rabe, Fuhrmann, Luchs. Hydra, Corvus, Auriga, Lynx. Sie kannte alle. Kassiopeia wollte sie finden, entdeckte aber nur den

Grabstichel und kratzte rasch die Abfolge der vier Sterne aus der Tapete: Gamma 1, Beta, Alpha, Delta Caeli.

Als sie aufwachte, lag ein kleiner, warm atmender Körper neben ihr. Der Kleine war zwischen sie und die Wand geschlüpft und schlief zusammengerollt, seinen runden Rücken an ihren Bauch geschmiegt. Sie schlang die Arme um ihn und roch an seinem kahlen Schädel. Sein süßer Kleinkindgeruch. Mika fühlte seinen weichen, dicken Bauch unter ihren Armen, drückte ihn an sich, hörte seinen rascher werdenden Atem, als sie ihn fester umschlang, dann die Verhärtung, den Widerstand des ganzen Körpers, als sie presste, presste, bis er schrie.

Die Mutter saß mit ihrem Kaffee am Küchentisch und las Zeitung. Aus der Werkstatt klang das schnelle Klopfen von Metall auf Stein. Dann wurde es still, es rumpelte, das Schlagen setzte wieder ein. Mika verschränkte die Arme und fixierte die Mutter. Die befeuchtete den Finger, blätterte, sah in die Zeitung. In ruckenden Bewegungen zuckten ihre Augäpfel von links nach rechts nach links nach rechts, sie schüttelte den Kopf, sah auf, sah Mika an, die Frage im Gesicht, jetzt wird sie fragen, und da fragte sie: »Schläft der Kleine noch?«

»Nein. Er ist tot, ich habe ihn erdrückt«, sagte Mika böse.

»Mika, gib uns ein bisschen Zeit. Wir finden etwas, wo du Ferien machen kannst, du musst nicht den ganzen Sommer hier bei uns und dem Kleinen im Haus sitzen. Ich verspreche es dir.«

Kein Wort, kein Wort glaubte sie ihr.

»Ich wollte mit den Großen an den Fjord, warum haben sie mich nicht mitgenommen, warum durfte Nick mit, und ich nicht?«

Die Mutter blickte schweigend auf ihre Finger.

»Weil er ein Junge ist und ich ein Mädchen, das ist der ganze Grund. Und du bist doch auch einmal jung gewesen und hilfst mir nicht, ich hasse dich, ich hasse dich.« Ein Schluchzer stieg aus Mikas Kehle. Das Weinen schüttelte sie.

Die Mutter stand auf und kam zu ihr um den Tisch, sie hockte sich neben Mika, die mit gesenktem Kopf auf ihrem Stuhl saß, und betrachtete sie aufmerksam.

»Du hast recht, Mick, ich war auch einmal jung, und ich habe meine Mutter genauso gehasst wie du …«

Da öffnete sich die Tür und in ihr stand, durchscheinend wie ein Blatt Papier, mit brennenden Augen, der Kleine und sagte: »Hose voll.«

Mika blieb allein am Küchentisch zurück, während die Mutter ihn wusch und wickelte. Sie blätterte in der Zeitung und las zerstreut die Nachrichten aus der Stadt. Wieder waren in einem der Weiher unterhalb des Schlossbergs tote Fische gefunden worden. Ein grobkörniges Schwarz-Weiß-Foto zeigte dickleibige Karpfen, die im Algenwasser trieben, die Leiber eng aneinandergeschmiegt, weich schimmerten die hellen Bäuche. Die Fischleichen bedeckten einen Großteil der Wasseroberfläche. Dies war der zweite derartige Vorfall innerhalb eines Monats, dessen Ursache nach wie vor nicht bekannt war. Feuerstellen und Fischabfälle in der Nähe des Weihers ließen darauf schließen, dass Unbekannte sich bereits an den Fischen schadlos gehalten hatten, weshalb eindringlich davor gewarnt wurde, diese zu verzehren. Vergiftungen wurden nicht ausgeschlossen. Mika legte die Zeitung zur Seite. In dem Jahr, bevor der Kleine auf die Welt gekommen war, hatten sich die Eltern gemeinsam mit Freunden in der Stadtpolitik engagiert. Bereits damals hatte sich der Verdacht bestätigt, dass auf der Müllkippe oberhalb der Fischweiher Giftabfälle entsorgt wurden. Arsen, Cyanide, Säuren und Lösungsmittel konnten nachgewiesen werden. Als der Gemeinderat kurz darauf beschloss, den Müllplatz auszubauen und sogar die Möglichkeit erwog, eine Sonderabfalldeponie einzurichten, gründeten Freunde der Eltern eine Bürgerinitiative und luden sie ein mitzumachen. Die ganze Familie, auch Mika, hatte sich engagiert. Es gab eine Unterschriftensammlung, die Kinder zogen mit einer bunt beklebten Waschmitteltrommel, die ihnen als Urne diente, von Haus zu Haus. Bald entstand ein Wettbewerb unter den Geschwistern, wer mehr Unterschriften zusammenbrachte – Nick und Mika oder die beiden Großen. Mika lächelte. Die »Kleinen« hatten klar gewonnen. Das war vor knapp zwei Jahren, und ihr kam es vor, als wäre es in einem anderen Leben gewesen.

Sie schrak auf, als es klingelte. Der Sanka holte die Mutter und den Kleinen zur Strahlentherapie ab wie jeden Tag. Die Mutter eilte durch die Räume auf der Suche nach ihren Sachen. Ihre Pumps klackerten auf den Steinfliesen, im Laufen knotete sie das Seidentuch unter dem Kinn und schob die Sonnenbrille vor die Augen. Der Kleine stand in der Tür, sein Tüchlein auf dem Kopf, und strahlte den Fahrer des Krankenwagens an.

»Du nimmst dir, was du brauchst, ja? Wir reden heute Abend, wenn wir zurück sind.«

Als hätte sie nichts gehört, zog Mika die Zeitung heran und starrte hinein. Schon jetzt wusste sie: Dieses Gespräch würde, wie so vieles andere, nicht stattfinden, denn der Vater wäre in Gedanken bei der Arbeit, die Mutter erschöpft und statt zu reden noch eben in der Lage, den Kleinen, hinfällig wie er war, ins Bett zu bringen.

Mika sah in den Garten, wo der anhaltende Sommerregen die hellen Halme zu Boden gedrückt hatte, und stellte sich vor, wie es zwischen ihnen schimmelte und faulte, wie sich das Grün in lichtes Gelb, dann in helles Braun, dann in Weiß verwandelte, bevor die Halme weich und schleimig wurden und sich in der luftabgeschiedenen Dunkelheit zersetzten und auflösten.

Die Mütze auf dem Kopf, ihr Bündel unter dem Arm verließ sie wenig später das Haus durch die Hintertür, kroch durch die Hecke in das verwilderte Grundstück und war Augenblicke später in ihrem Baumhaus verschwunden. Es schien ihr, als wäre jemand da gewesen und hätte etwas gesucht. Ihre Sachen waren durcheinander, und es roch eigenartig. Sie schloss die Falltür und zog die Knie vor die Brust. Es war zu wenig Platz, um sich auszustrecken. Fester rollte sie sich zusammen und schmiegte sich an die zugige Bretterwand hoch oben in der Luft. Das verfilzte Schaffell, auf dem sie lag, war klamm vom Regen der vergangenen Wochen und roch säuerlich. Um etwas Licht zu bekommen, band sie den Plastikfetzen vor der Fensteröffnung nach oben und sah in den Himmel. Die Sonne schimmerte schwach durch die Wolkendecke, und Strahlen sickerten in Mikas Versteck.

Die Zeit ist eine Quecksilberpfütze. Einmal, als Mika krank war, hatte sie das Fieberthermometer zerbrochen. Das Quecksilber war ausgelaufen und hatte eine erhabene Pfütze auf dem Linoleumboden des Zimmers gebildet. Rasch, wie von unsichtbarer Kraft bewegt, waren die versprengten Tropfen zueinander gelaufen und hatten sich zu einem schwarzsilbrigen, kugligen Fleck gesammelt. Mika tippte mit dem Finger hinein. Hundert winzige Kügelchen spritzten auseinander und sprangen wieder zu einer Pfütze zusammen, sobald Mika sie mit der Kante der hohlen Hand aneinanderschob. Jedes einzelne ging in der Menge der anderen auf und war nicht mehr zu erkennen, so, wie auch die vielen Stunden ihres Mädchenlebens zu einer dicken grauen Masse der Langeweile gerannen, doch kaum ereignete sich etwas, stoben sie zu Augenblicken auseinander und bildeten in ihrem Gedächtnis eine Vielzahl schillernder Erinnerungen – bis die hohle Hand der Langeweile sie wieder zusammenschob.

Jetzt, in ihrem Baumhaus, am Beginn eines langen Sommers, sah sie die vor ihr liegenden Ferienwochen wie einen Quecksilbersee, eine endlose, unbewegte Fläche, nichts, woran das Auge sich klammern könnte, keinerlei Abwechslung, kein Horizont. Unter ihr lag menschenleer die Straße. Kaum jemand verirrte sich in diesen letzten Winkel der Stadt, Passanten gab es keine, das Haus von Mikas Eltern war umgeben von Obstgärten, die keiner aberntete; nur einmal jeden Sommer kam ein hagerer Mann in ausgebeulten Hosen. Er hatte ein bleiches Gesicht und eingefallene Wangen. Mit einem länglichen Schleifstein wetzte er das Blatt seiner Sense, schob den Stein zurück in die Hosentasche und begann mit weit ausholenden Schwingbewegungen das hohe Gras zu mähen. Der Mann war der Knecht vom Aussiedlerhof. Von Zeit zu Zeit hielt er inne, wischte sich mit einem Taschentuch über Gesicht und Nacken und trocknete den Schweiß, der ihm in vielen kleinen Tropfen auf die Stirn trat und in die dichten Brauen und von den Ohrläppchen in den Kragen und den weit auf die Brust hinabreichenden Bart rann, den er streichelte wie den Rücken eines kleinen Tieres. Mittags setzte sich der Mann in den Schatten unter einen der Bäume und packte seine Brote aus. Er aß, schlief ein wenig und machte sich wieder an die Arbeit. Mika schlich hinter ihm her und zwitscherte einen Lockruf. Der Mann sah sich um. Seine kleinen Augen huschten über die Wiese, suchten die umgrenzenden Hecken ab, suchten auch in den obstbeladenen Kronen der Bäume. Wieder strich er sich über den Bart. Wieder senste er die Halme. Bis Mika erneut lockte. Der Mann schimpfte, Mika zwitscherte. Erbost schüttelte er die Faust. Mika trieb es immer weiter. Zuletzt rannte der Mann senseschwingend zwischen den Bäumen umher und fluchte hinter ihr her. Mika lachte und huschte durch die Hecken davon.

Und lachte wieder, jetzt, in ihrem Baumhaus, blickte auf die Straße hinab, die nass im Regenlicht glänzte. Kein Mensch zu sehen, selbst die himmelblaue Limousine war verschwunden. Quecksilber verdunstet bei Zimmertemperatur.

Weit entfernt klingelte das Telefon. Schnell rutschte sie den Stamm des Birnbaums hinab, doch bevor sie im Haus war, verstummte das Läuten. Sie strich durch die kühlen, dunklen Zimmer, stand eine Weile vor der Tür des Vaters und lauschte den schabenden und wetzenden Geräuschen, die dahinter hervordrangen. Sie legte eine Hand auf die Klinke, öffnete jedoch nicht, sondern ging durch die Räume; den Finger ließ sie an der Wand entlangstreichen. Im Zimmer der Brüder schloss sie die Tür hinter sich. Es roch nach Rost und Staub, nach verschmortem Plastik und steifen Socken. Auf dem Boden lagen Klamotten, leere Taschen und ein Schulheft. Mika schlüpfte unter die Decke in Nicks Bett und vergrub das Gesicht in seinem Kissen. Dann zog sie es unter sich und umschlang es mit den Armen. Tief verkrochen lag sie in der Dunkelheit eine lange Zeit. Wieder klingelte das Telefon, und diesmal erreichte sie es, bevor es aufhörte zu läuten. Ellen. Ob Mika mitkomme an den Fluss, zum Baden. Mika zögerte, ohne zu wissen, warum. Schließlich stimmte sie doch zu und sagte, sie würde Ellen abholen. Im Keller riss sie ihr Badezeug von der Trockenleine, stopfte es in ihren Beutel zusammen mit der Mütze, dem Buch, dem Tabaksbeutel, sprang aufs Rad und fuhr los.

Um die Wette jagten die Mädchen auf den Rädern den Berg hinab. Ellen, die hinter Mika fuhr, holte auf, zog, um aus dem Windschatten der Freundin herauszukommen, nach links, kam gleichauf, überholte, das gelbe Flatterhaar im Wind, und schrie triumphierend auf. Mika stieg in die Pedale, beschleunigte und setzte, als die steil abfallende Straße sich in einer leichten Rechtskurve krümmte, zu ihrem Überholmanöver an. Tief über den Lenker gebeugt, strampelte sie hinter Ellen her, trieb das Rad schneller und schneller den Berg hinab, kam gleichauf, zog an der Freundin vorbei, die, ganz auf die löchrige Straße konzentriert, sie jetzt erst bemerkte, den Kopf wandte und in einer unkontrollierten

Bewegung im gleichen Augenblick nach links ausscherte. Sie streifte das Rad von Mika, die nicht mehr ausweichen konnte. Beide gerieten ins Trudeln, Mika ahnte, dass es jetzt passieren würde, wollte sich ausbalancieren, indem sie das Rad in die entgegengesetzte Richtung riss, prallte wieder mit Ellen zusammen, beide schwankten sie heftig, wussten, dass sie sich nicht würden halten können, klammerten sich an den Lenker, taumelten, stürzten.

Ellen fiel zuerst, Mika auf sie drauf, und so rutschten und schürften sie über den Asphalt den Berg hinab und blieben aufeinandergeschichtet liegen. Ellen, Rad, Mika, Rad.

Das Gestänge von Ellens Fahrrad drückte sich zwischen Mikas Rippen, der Lenker umklammerte ihren Nacken. Vorsichtig versuchte sie, ein Bein zu heben, da heulte Ellen unter ihr auf. Sie weinten beide, schrien laut. Plötzlich hob eine Hand vorsichtig Mikas Rad von ihr ab, griff ihr unter die Achsel, um ihr aufzuhelfen, hob Ellens Rad ab und stützte auch die Freundin. Ein Mann stellte die Räder an den Gartenzaun des nächsten Hauses und kam zu den Mädchen zurück. Er trug abgewetzte Cordhosen und ein ausgebeultes Sakko. Bartstoppeln, buschige Brauen, struppige Haare auf dem Kopf, in der Nase, in den Ohren, selbst aus dem bis zur Brust geöffneten Hemd quollen sie, wucherten, als wäre ihnen eng da zwischen Stoff und Haut, als hätten sie das Tageslicht zu lange nicht gesehen. Ein säuerlicher Geruch um ihn rum. Die gelblichen Augen des Mannes lächelten; er reichte Mika, die noch immer auf der Straße saß, die Hand. Sie rutschte nach hinten und verschränkte die Arme vor der Brust, doch er hockte sich vor ihr nieder und streckte ihr noch einmal die Hand hin. Mika schüttelte den Kopf.

Da stützte er die Hände auf die Oberschenkel, erhob sich und ging langsam die Straße hinab. Ein leises Wimmern. Ellen lag da, Tränen liefen über ihr Gesicht. Sie bewegte sich nicht.

»Komm. Gehen wir von der Straße weg.« Mika schlang den Arm um Ellen und halb trug, halb zog sie sie auf das Trottoir, wo sie sie an den Zaun lehnte. Als sie einen Blick die Straße hinabwarf, stand da der struppige Mann und beobachtete sie.

»Gsch«, machte sie und wedelte mit der Hand, als wolle sie eine Katze verscheuchen, doch der Mann rührte sich nicht. Lächelnd stand er da. Die Mädchen besahen ihre Wunden. Dabei bemerkten sie nicht, dass der Struppige zurückkam und ihnen die Badesachen brachte, die überall verstreut gelegen hatten.

Ellen versteckte sich hinter ihrem Haarvorhang. Mika murmelte einen Dank, doch vermied sie es, dem Mann ins Gesicht zu sehen. Er ging, obwohl die Mädchen ihn nicht beachteten, nicht weg, sondern setzte sich etwas entfernt an den Zaun und fragte ganz unbeteiligt, ob er sie wohin bringen solle. Und als die beiden ihn fragend ansahen. Zum Arzt oder ins Krankenhaus vielleicht? Die Mädchen wussten es nicht. Da stand er auf und ging zu der Tür des Hauses, vor dem die beiden gestürzt waren, und klingelte.

Das Haus, ein würfelförmiges Gebäude mit Walmdach, sah wie eine Kaffeemühle aus. Es war umgeben von einem kleinen Garten, in dem alle möglichen Gerätschaften verrosteten. Ein Schubkarren, ein Herd, ein Mofa. Vor der Tür des Häuschens war ein türkisblaues Becken in den Boden gelassen, ein Vogelbad, in dem eine Lache braunen Wassers dümpelte. Hier wohnte die alte Eberhardt, die sich selten wusch und, seit ihr Mann gestorben war, mit den Vögeln redete. Fast immer, wenn jemand die Straße entlangging, stand sie am Fenster und lauerte hinter der Gardine. Ein Rückspiegel an einem langen Gelenkarm zeigte ihr, wer vor der Tür stand.

Mika und ihre Brüder nannten sie »Eberhexe« und ärgerten sie, indem sie auf der Straße pöbelten, Steine vor sich her traten, einander vom Gehweg schubsten und sich Schimpfwörter nachriefen. Die Alte schoss aus der Tür und kreischte, sie sollten die Totenruhe respektieren. Die Brüder sagten, die Eberhexe wohne mit ihrem toten Mann zusammen, er säße im Lehnstuhl und sei ganz vertrocknet. Mumifiziert. Mika hatte laut gelacht und sich vorgestellt, wie der Alte dasaß und ihm von hinten nichts anzusehen war, den Kopf hielt er leicht gesenkt, die dünnen Haare standen im Nacken vom Kopf ab. Über den Knien eine Decke aus Synthetik, die Hände im Schoß gefaltet. Sah man ihn von vorn, bleckte er die Zähne im eingefallenen Gesicht, und aus den erloschenen Augen rieselte ein wenig Staub. Oder Kalk? Sie musste lachen. Dabei lief ihr eine Gänsehaut über die Arme, ihr Gesicht spannte, und das Lachen fühlte sich falsch an. Auf keinen Fall wollte Mika, dass die Eberhardt jetzt von ihrem Unfall erfuhr. Sie rappelte sich hoch und folgte dem Struppigen in den Garten.

»He, Sie. Halt, nicht klingeln.« Sie eilte zu ihm, der verwundert innehielt. »Bitte. Wissen Sie, hier wohnt eine gebrechliche Frau, die nur noch im Bett liegen kann. Ich will nicht, dass sie gestört wird durch uns. Wir kommen allein zurecht. Danke schön.«

Mika, der es schwerfiel, höflich zu sein, verzog den Mund zu einem schiefen Lächeln. Das schien dem Struppigen zu gefallen, denn er machte kehrt und ging zurück zur Straße, wo Ellen noch immer ihre Wunden besah. Sie hatte sich die rechte Seite aufgeschürft. Ihre Bluse war während des Sturzes hochgerutscht und hatte die Haut über den Rippen freigelegt, die der Asphalt aufgerissen hatte. In ihrem rechten Knie war ein Loch, aus dem das Blut in einem dünnen Faden auf ihren Stoffschuh rann, auch in den Handflächen und auf einem Wangenknochen hatte sie Kratzer und Schürfungen. Mika war dadurch, dass sie oben zu liegen gekommen war, weniger verletzt, sie konnte lediglich ein paar Prellungen und eine Wunde am rechten Oberarm feststellen, die der Dynamo von Ellens Rad gerissen hatte.

Sie legte den heil gebliebenen Arm um die Freundin, die jetzt schluchzte, haltlos schluchzte, nicht nur aus Schreck über den Unfall und die Verletzungen, sondern aus Traurigkeit über allen namenlosen Schmerz, der in der Welt war, über vergebliche Liebe, die Plage, die ihr die Schule war, über das zerbrechliche Sein der Halbwüchsigen. Hier war die Gelenkstelle des Lebens, da, wo das Frausein begann. Sie weinte über den Verlust der Kindheit, und indem sie weinte, war sie wieder ein kleines Mädchen, das zum ersten Mal in seinem Leben gestürzt war und untröstlich darüber, dass der Zusammenprall mit der Welt so wehtun konnte, nie wieder aufstehen und weitergehen wollte.

»Kommt ins Haus, Mädchen, ich gebe euch Pflaster und Arnikatinktur.« Unbemerkt von den beiden war die alte Eberhardt aus dem Haus gekommen und hinter sie getreten. Neugierig sah sie über den Zaun, winkte sie dann mit der Hand zu sich. Ellen zögerte, doch Mika schüttelte den Kopf.

»Lass uns zu mir nach Hause gehen. Da können wir uns verarzten.«

»Nein, Mika.« Ellen sah sie aus geschwollenen Augen an. »Wenn wir jetzt nach Hause gehen, dann trauen wir uns nie wieder etwas. Wir wollten baden gehen, und das machen wir auch. Bitte lassen Sie uns in Ruhe, wir kommen gut zurecht«, sagte sie zur alten Eberhardt, die sich grummelnd abwandte und zum Haus zurückschlurfte, wo der Struppige immer noch stand. Mit einem Schulterzucken ging sie an ihm vorüber und schlug die Tür hinter sich zu.

»Hier, ein Taschentuch.« Mika tupfte Ellen das Blut ab und wickelte es als Verband um ihr Knie. Sie wischten sich mit den Badetüchern die Tränen und den Staub weg. So beschäftigt waren sie, dass sie den Struppigen gar nicht bemerkten, der langsam die Straße hinunterging. Doch da wandte er sich um, tippte sich mit den Fingerspitzen an die Stirn und hob grüßend die Hand. Mit einer lahmen Bewegung erwiderte Mika den Gruß.

In der Sonne verkrusteten ihre Wunden schnell, und nachdem sie das Wagnis ausführlich bedacht hatten, stiegen sie am Spätnachmittag vorsichtig in den Fluss. Das Sonnenlicht fiel goldrot durch die Blätter und zeichnete weiche Schatten auf das Wasser. Es war kalt und floss langsam. Dünner Schlick quoll zwischen die Zehen und bedeckte die Füße. Mika suhlte sich darin. Dann warf sie sich in das Grün und schwamm mit der Strömung flussabwärts. Auf dem Bauch liegend breitete sie Arme und Beine aus, sah ins Trübe unter sich. Von den Pfeilen der Eingeborenen durchbohrt, hatte der Kapitän sie ins Wasser geworfen. Der Verwesung und den zupfenden Fischmäulern preisgegeben, trieb sie den Kongo hinab, der Meeröffnung zu. Mikas Haare flusten um ihren Kopf wie Seegras, sie warf sich auf den Rücken, jappte und winkte der Freundin, die unentschlossen am seichten Uferrand stehen geblieben war und sich die geschürfte Seite hielt. Jetzt bückte sich Ellen bedächtig, benetzte Arme und Beine und schüttete sich mit der hohlen Hand etwas Wasser in den Nacken. Ihr langes Haar fiel zur Seite und zeichnete eine goldene Linie an ihren Hals. Mika tauchte und schwamm mit weit geöffneten Augen im trüben Wasser. Sie machte große Züge und kam, getragen von der Strömung, schnell voran. Und im Auftauchen einen Mundvoll Wasser in den Sommerhimmel spritzen und wieder tauchen und aufs Ufer zuhalten und unter dem schützenden Vorhang einer Trauerweide schnell ans Ufer krabbeln. Wie zierliche Fische glänzten Tausende länglicher Blättchen im brechenden Licht. Es flirrte in der Luft und glitzerte auf dem Wasser, über dem reglos, blau glänzend, vom zartesten Flügelschlag umsirrt, eine Libelle schwebte. Mika atmete heftig, sie schauderte und rannte in schneller Hast zu Ellen zurück. Und atemlos und glücklich sank sie neben der Freundin ins Gras.

5

Dem Sonnentag folgte eine Woche Regen, bevor der Sommer zurückkam, heißer als zuvor, und die Mädchen wieder zum Baden fuhren. Nun ging auch Ellen ins Wasser, sie schwammen und tauchten zu zweit, durchquerten den Fluss, ließen sich am anderen Ufer von der Sonne aufheizen, bis ihnen das Wasser aus den Achselhöhlen lief und im Bund der Bikinihose versickerte, sprangen spritzend und kreischend wieder hinein, schwammen zurück, Mika voraus, Ellen hinterher, das Seetanggewirr ihrer Haare im Gesicht.

Eines Tages, es war am Ende der zweiten Ferienwoche und sie saßen trocknend in der Sonne, schlug Mika vor, sich mit der Strömung treiben zu lassen, bis zur nächsten Stadt, bis zur Neckarmündung, meinte Ellen, bis in den Rhein und hinab, der Nordsee zu.

»Ein Schiff, wir könnten ein Schiff nehmen, wenn wir müde sind.«

»Ja, als blinde Passagiere auf einem Flussdampfer.«

Der Kapitän hätte sie sicher mitgenommen und vor den Eingeborenen beschützt. Nein. Mika hätte selbst gekämpft, dem Kapitän, der, seines Steuermanns ledig, nun das Ruder übernehmen musste, Feuerschutz gebend, die Eingeborenen abwehrend. Haufenweise hätte sie sie totgeschossen. Ja.

Und sie beschlossen, ins Wasser zu steigen und sich treiben zu lassen. Es war früher Nachmittag, und sie konnten weit kommen, denn das nächste Wehr lag flussaufwärts. Die Zuversicht stieg mit ihnen in den Fluss. Er sollte sie wegbringen, ganz gleich wohin. Sie merkten nicht, dass gelbe Augen sie beobachteten.

Sanft mäanderte der Fluss durch die Sommerlandschaft. Die beiden Mädchen trieben dahin. Wurde ihnen kühl, machten sie kräftige Züge und kamen desto schneller voran. Sie schwammen um eine Biegung und noch eine und noch eine. Getreidefelder, Obstwiesen, stille Straßen. Dann wieder dickes Ufergebüsch zu beiden Seiten. Kein Dorf, keine Stadt. Hier und da ein allein stehendes Haus, dann und wann ein Auto, wenige Menschen, einzeln oder paarweise, die in der Hitze ihres Wegs gingen. Kurz bevor die Mädchen unter weit vorladende Weidenbäume gerieten, wo das Licht sich verdunkelte, entdeckte Mika den himmelblauen Wagen, der in Ufernähe parkte. Die Böschung ging jetzt in eine steilere Steigung über, und die beiden beschlossen, an Land zu gehen. Sie sahen den Mann nicht, der im Ufergebüsch saß und die Umgebung mit einem Feldstecher beobachtete.

Ellen hatte blaue Lippen. Schlotternd stand sie im Waldschatten und krampfte die Hände ineinander. Mika schob die Freundin sanft vor sich her, die Uferböschung hinauf, in der Hoffnung, einen Weg zu finden, auf dem sie ein Stück gehen konnten. Doch sie gerieten in ein Waldstück mit Tannen und Buchen, Haselsträuchern, Holderbüschen und anderen Gewächsen, deren Namen sie nicht kannten.

Vorsichtig bahnten sie sich einen Weg durch das Unterholz. Zweige schlugen ihnen ins Gesicht, Ranken rissen ihnen die Schenkel auf, Steine bohrten sich in ihre Fußsohlen. Ellen begann leise zu wimmern, während Mika sich vorankämpfte. Immer wieder ermunterte sie die Freundin, da vorn würde es heller, sie sehe Sonnenlicht, dort sei sicher ein Weg, wenigstens eine Lichtung, auf der sie sich ausruhen und aufwärmen konnten.

Unbeeindruckt maulte Ellen vor sich hin: »Was für eine Scheißidee, wie konnten wir nur. Hinausfahren in die weite Welt, ha, Flussdampfer, was für ein Schwachsinn. Du bist und bleibst ein Kindskopf, Mika, ein Träumer, ein weltfremder Spinner. Weißt du was, mir reicht's, ich steck's auf und geh heim.«

»Ja, was glaubst du, was wir hier tun? In die Disco gehen, oder was?« Mika ließ die Zweige zurückschnellen, sie sollten Ellen treffen, die hinter ihr ging.

»Ah. So ein Mist.« Ellen hielt inne und betrachtete ihre Fußsohle. »Ich bin in was reingetreten. Was mach ich jetzt?« Mika sah sie an. »Mach du was«, jammerte die Freundin nun.

So kniete Mika sich nieder und untersuchte Ellens Fuß, die glucksend zu lachen begann.

»Hilfe, nein«, schrie sie, als Mika sie fest am Knöchel packte und mit schnellen Fingern kitzelte, bis Ellen umfiel und sich auf dem Waldboden wälzte. Heftig zappelte sie mit dem Bein, riss sich los und rappelte sich auf. Keine Spur mehr von einer Fußverletzung; sie lief in großen Schritten, fast schwebend zwischen den Bäumen hindurch, warf den Kopf wie ein bockendes Pferd, das Haar peitschte als heller Schweif in ihrem Rücken. Mika folgte ihr, und als hätte sie es gewusst, kamen sie auf eine Lichtung, wo sie sich ins Gras legten und von der Sonne bescheinen ließen. Warm und schläfrig blinzelte Mika ins Sommerblau, wälzte sich auf die Seite und betrachtete die Freundin, die mit geschlossenen Augen neben ihr lag. Das anschwellende Heulen eines Düsenjägers legte sich auf die Landschaft. Ellen lächelte. Auf ihren Wangen wuchs ein dichter Flaum, der nun auf der gebräunten Haut deutlich zu sehen war. Als breitete sich ein goldener Schleier über ihrem Gesicht aus. Ihr Haar bildete einen blonden Kranz um ihren Kopf. Mika fand sie vollkommen in ihrer scheinbar ahnungslosen Schönheit. Sie stellte sich Ellens Schädelknochen unter der Haut, unter dem dünnen Fleisch und Geäder vor, und als sie die gelblichen Knochen in allen Einzelheiten vor sich sehen konnte, dachte sie sich die Augen weg. Leere Höhlen blieben zurück.

Sie setzte sich auf und betrachtete aus schmalen Schlitzen den Waldrand ringsum. Da entdeckte sie am gegenüberliegenden Rand der Lichtung eine lang gezogene Hecke aus Himbeersträuchern. Die stachligen Ranken verknoteten sich ineinander, als wollten sie die Beeren schützen, sie nicht hergeben, so kam es Mika vor, und schon stakste sie zu den Himbeeren hinüber. Mit einer Hand versuchte sie, die Ranken nach unten zu drücken, während sie mit der anderen nach den Beeren griff, von denen das Gesträuch überladen war. Sie schob sich die erste kleine Frucht in den Mund und zerdrückte sie mit der Zunge am Gaumen. Was sie schmeckte, war warm, nass, süß.

Ellen kam zu ihr, und gemeinsam pflückten sie so viele Beeren, wie sie erwischen konnten. Mika drang weiter ins

Dickicht vor, bog die Ranken zur Seite, versuchte, durch die Sträucher hindurchzusehen, ob dahinter jemand war.

Da ruhte eine Frau von ausladender Körperfülle in einer mit Teppichen bedeckten Mulde. »Tschileka, Tschileka.« Leise flüsterte Mika den Namen der Frau. Die Dicke bewegte sich nicht. Mika sprang aus dem Sattel und tätschelte den Hals des Esels, der davontrottete, um Gras zu rupfen.

»Tschileka«, sagte sie gedämpft. Doch Tschileka schlief. Gleichmäßig hob und senkte sich ihr runder Frauenbauch. Seit hundert Jahren lag sie da, die Giftspindel neben sich.

»Tschileka, Tschileka«, rief Mika leise und beobachtete die dicke Schöne mit dem schwarzen Haar und den kholbemalten Augen. Eine Sultanin im Sommerwald, auf Teppichen dämmernd, bis das Leben begann. Mika wollte sie wecken und schaute sich nach einem Stecken um, mit dem sie durch die Hecke nach der Dicken stochern konnte, damit sie sich bewegte. Da blickte sie in Ellens Augen, die sie beobachteten.

»Ich will zurück«, sagte Ellen und schüttelte im Gehen verständnislos den Kopf. Mika sah nach der Dicken, doch waren da nur Ranken, Winden und die Dunkelheit des Waldes. Irgendwo hinter ihr der gellende Schrei des Esels. Wieder stieß ein Tiefflieger, den grellen Himmel schneidend, über sie hinweg. Keuchend erreichte sie Ellen, die vorausgeeilt war.

»Kommst du morgen mit? Wir könnten mit den Fahrrädern hierherfahren und noch mehr essen.«

Ellen sagte nichts. Sie stapfte weiter, beschleunigte ihren Schritt, um Mika hinter sich zu lassen.

»Keine Lust. Weißt du, ich hab genug von deinen Fantastereien.«

»Komm, sei kein Frosch. Wir ziehen etwas Langärmliges an und alte Jeans, dann werden wir nicht zerkratzt und können essen, bis wir satt sind.«

»Nein. Ich will einfach nicht. Außerdem muss ich meinem Vater helfen.«

»Wie? Was helfen? Das glaub ich dir nicht.« Mika versuchte Schritt zu halten.

»Glaub's oder lass es sein. Ich komm einfach nicht mit.«

Schweigend erreichten sie den Weg, der am Ende der Hecke in den Wald hinein, dann bergauf ging und über dem Flussufer zurück zur Stadt führte.

Als Mika in der Abenddämmerung nach Hause kam, war es überall dunkel. Lediglich im Atelier des Vaters brannte Licht. Sie sah in den Kühlschrank und fand nur langweilige Sachen. Grüne Oliven, Kapern, Senftuben, eine angebrochene Packung H-Milch, ein glasiges Stück Speckschwarte und im Gemüsefach ein paar verschrumpelte Kartoffeln. Sie nahm die Milch und schlug die Kühlschranktür zu. Zuerst wollte sie die Milch direkt aus der Packung trinken, besann sich dann und goss sie in ein Glas. Weißliche Brocken fielen hinein, es roch nach Erbrochenem. Sie warf das Milchpaket in den Mülleimer und das Glas gleich hinterher. Im Vorratsschrank fand sie Nudelpackungen, Reis und Mehl in Gläsern, nichts Süßes, keine Rosinen, nicht einmal Nüsse oder Haferflocken, nur eine angebrochene Tüte mit Zwieback. Von der orangefarbenen Vorderseite sah sie ein Kleinkindergesicht an. Pausbäckig, blauäugig, mit Mäusezähnen im lachenden Mund. Sie dachte an den Kleinen, der ungefähr so alt war wie der Junge auf der Zwiebackpackung. Sein durchscheinendes Gesicht, sein kahler Kopf. Durch die Medikamente hatte er alle Haare verloren und sah nun wieder wie ein Säugling aus, seine Augen aber waren erwachsen geworden. Ein Baby mit Erwachsenenblick. Wenn er lachte, zeigte er die gleichen Mäusezähne. Mika fand den Jungen auf dem Zwieback auf einmal hässlich in seiner gesunden Normalität. Sie spiegelte sich in der Fensterscheibe und versuchte zu erkennen, ob ihre Augen ebenfalls erwachsen geworden waren. Schließlich traf das Leid der Krankheit nicht nur den Kleinen, nicht nur die stille Mutter und den wütend arbeitenden Vater, sondern auch sie, Mika, die ihn gewiegt, getragen, gewickelt und herumgefahren hatte, solange er ein Baby und gesund gewesen war. Danach hatte es die Mutter nicht mehr zugelassen und darauf bestanden, ihr jüngstes Kind selbst zu versorgen, als hätte Mika ihn zerbrechen, etwas an ihm kaputt machen können. Als wären seine Heilungschancen gewachsen, seit Mika sich nicht mehr um ihn kümmerte. Sie sah sich in die Augen, doch spiegelte die Scheibe nichts als zwei schwarze Löcher, durch die der Garten zu erkennen war und die stille Sommernacht.

Mit der Zwiebacktüte in der Hand ging Mika durchs Haus, den klingenden Geräuschen nach, die aus dem Atelier des Vaters kamen. Vor der Tür standen leere Weinflaschen, unter der Tür hindurch fiel ein schmaler Streifen Licht. Sie setzte sich in eine Ecke, raschelte mit der Packung und ließ den Zwieback zwischen den Zähnen krachen. Der Vater hörte sie nicht. Allerdings war er nicht mehr jung. Er trank viel und würde auf die Toilette müssen. Dann käme er an ihr vorüber, würde sich vor ihr aufbauen und in gespieltes Erstaunen verfallen, was für ein reizendes Geschöpf der Wind der

Inspiration ihm vor die Tür geweht habe. Er würde den Himbeersaft auf ihren Wangen und die Kratzer an ihren Armen betrachten und sich erkundigen, ob die Wunden vom Fahrradunfall abgeheilt seien. Er würde seinen großen Schädel hin- und herwiegen und ihr ein bisschen Weinmedizin einflößen. Mika würde schläfrig werden und, während der Vater weiterarbeitete, auf der Chaiselongue unter einer staubigen Decke, die er von einer Reise nach Florenz mitgebracht hatte, wegdämmern. Der Vater würde sie vergessen und spät, wenn er aufhörte zu arbeiten, auf verschwitzten Armen ins Bett tragen, als wäre sie noch ein sehr kleines Kind. Das hoffte Mika, während sie mit den Vorderzähnen Zwieback raspelte und darauf wartete, dass die Tür sich öffnete.

Doch nichts geschah.

Sie hörte den Vater mit den Werkzeugen hantieren. Das trockene Klingen, mit dem er das eine hinwarf, das leise Scharren, mit dem er die anderen hin- und herschob, bevor er eines aufhob und mit ihm weiterarbeitete. Schritte und das Wiedereinsetzen der hellen Schläge. Mika kannte sie alle. Den fast grellen Klang des Spitzeisens, den tieferen dumpfen Ton des Flachmeißels, den trockenen leisen Ton des Schlageisens, ihn hörte sie am liebsten. Der Vater bearbeitete den Stein und pfiff leise dazu.

Später, Mika musste eingedöst sein da vor der Tür, ein Poltern. Dann Stille. »Himmelarschundzwirn.«

Die Tür wurde aufgerissen, der Vater stürmte heraus. Beide erschraken über den jeweils anderen. Mika sprang auf und umarmte ihn, der die Schutzbrille in die Stirn schob, das Mädchen geistesabwesend an sich drückte, dann von sich löste.

»Geh schon mal rein. Ich komm gleich wieder.«

»Versprochen?«

»Aber ja. Ich hole nur schnell einen Wein, bin gleich zurück.«

Staubflocken und Nachtfalter tanzten im Licht der starken Fotolampen. Der Boden war bedeckt mit scharfkantigen Splittern und Steinbrocken, mit Werkzeugen, verdreckten Lappen und einem blutverschmierten Taschentuch. Der Vater hatte sich beim Hämmern verletzt.

Im Zentrum des Ateliers stand ein fleischfarbener Koloss, ein unförmiger Brocken Mainsandstein, gestaltlos und unbestimmt. So unbestimmt in Farbe und Form wie dieser Steinklotz kam ihr auf einmal das ganze Leben vor. Unübersichtlich, unentwickelt, angestrahlt von den grellen Scheinwerfern ihrer ungeduldigen Erwartung veränderte sich ihr Leben wie dieser Steinblock, nahm ständig eine neue Form an, die jedoch auf keinen darunterliegenden Sinn schließen ließ, sondern sie vor immer neue Rätsel stellte. Mika verstand weder in der Arbeit ihres Vaters noch in ihrem Leben, worum es ging, worauf es ankam, und sie hatte keine Ahnung, wie sie dahin kommen sollte, dem Ungestalten einen Sinn zu geben.

Unschlüssig hob sie eins der Schariereisen auf, betrachtete es, ließ es wieder fallen. Unter einem Mauervorsprung, im Halbdunkel, stand die Liege, auf der der Vater in arbeitsamen Nächten ruhte, auf die Mika jetzt kroch und sich die Decke bis unters Kinn zog. Als der Vater mit ein paar Flaschen Rotwein zurückkam, war Mika, obgleich sie hatte warten wollen, um sich zu vergewissern, dass er Wort hielt, fest eingeschlafen.

Der Raum war dunkel, als sie aufwachte. Leise Stimmen im Wohnzimmer. Unterdrücktes Weinen. Sie hörte die raue Stimme des Vaters, die singende ihrer Mutter. Dringlicher Tonfall. Schluchzen. Lang andauernde Klagelaute hinter geschlossenen Lippen.

In die Decke gehüllt, tappte Mika den Lauten nach ins große Zimmer, wo die Mutter am Tisch saß, den Kopf auf die Arme gelegt, wo der Vater vor der großen Glaswand stand und in den schwarzen Garten sah oder in das Spiegelbild des Tischs, der Lampe, seiner weinenden Frau, wer konnte das wissen; der sich nun umwandte, zu ihr trat und ihr den Rücken tätschelte. Mika beobachtete die gekrümmten Hände, groß wie Schüsseln, mit denen er den Stein befühlte, streichelte, packte, bezwang, die nun die Mutter kaum berührten, ihr über den Rücken strichen, flüchtig, als schämten sie sich der Vergänglichkeit eines Trostes, den der Mutterkörper so sehr ersehnte. Sie sah die Hände sich lösen und neben die Beine des Vaters sinken, wo sie hängen blieben wie vergessene Äpfel an einem kahlen Baum, sie sah den Körper der Mutter tiefer über den Tisch geneigt, sich dann straffen und aufrichten. Sie fuhr sich mit der Hand über das Gesicht.

Die Ärzte hatten den Kleinen nicht mehr aus dem Krankenhaus entlassen. Es mussten weitere Untersuchungen gemacht werden. Die Dauer seines Aufenthalts war unbestimmt.

»So wird ihm sicher am besten geholfen werden. Meinst du nicht?« Der Vater ging neben ihr in die Hocke und strich ihr die Haare aus der Stirn, hob ihr Kinn und sah ihr in die Augen. »Komm.« Er legte den Arm um ihre Schultern, hob sie stützend vom Stuhl und führte sie, die mit hängendem Kopf willenlos und stumm mit ihm kam, zur Tür und ins Treppenhaus. Im Vorbeigehen bemerkte er Mika im dunklen Türrahmen, die die beiden beobachtete. Er drückte das rechte Auge zu und lächelte ihr zu. Doch huschte dieses Lächeln flüchtig wie ein Windstoß über sein Gesicht und machte sogleich wieder der Düsternis Platz, die schon seit so vielen Wochen über ihrer aller Leben lag.

Die Decke über den Schultern stolzierte Mika vor der Glasfront auf und ab, Elisabeth vor der Schlacht mit der spanischen Armada, grübelnd neigte sie das Haupt mit der Krone, schwer drückte der samtene Umhang ihre Schultern zu Boden. Zu schwer wurde ihr die Last der Regierungsverantwortung für das Land in kriegerischen Zeiten. Gedankenlos zählte sie die schwarzen Schwanzenden im hellen Weiß des Hermelinbesatzes, der die Kanten des Umhangs bis zum Boden zierte, während sie an der Rede für ihre Soldaten feilte. Gemessenen Schrittes wandelte sie auf und ab, blieb stehen und öffnete vor ihrem imaginären Publikum mit Schwung den Umhang, sah an sich hinab, dann in die Augen ihrer Männer.

»Ich weiß, dass ich den Leib eines schwachen, kraftlosen Weibes habe, dafür« – sie verhüllte sich, kehrte sich ab, sah über die Schulter, warf den Kopf in den Nacken – »dafür aber Herz und Mark eines Königs, noch dazu eines Königs von England.«

Sie schwieg, wartete auf Applaus, doch keine Hand rührte sich. Stattdessen polterten über ihr umfallende Möbel, Geschrei hob an, ein langes Weinen, das an- und abschwoll, auf- und niederwogte, zu versiegen schien, wieder auflebte und in ein halblautes Heulen überging, begleitet vom stetigen Gebrumm einer Männerstimme.

Mika bewegte ihren Arm in einer ausholenden Geste, vor ihr, in Krümeln und Wollmäusen, kniete gesenkten Hauptes der zweite Earl of Essex.

»Stirb. Du elender Verräter. Untergehen sollst du, jämmerlich verrecken.«

Sie stellte den Turnschuh in den Nacken des verbrecherischsten ihrer Untertanen. War sie es gewesen, die ihn geliebt hatte, war er es gewesen, der ihr dieses Lächeln geschenkt, diese Versprechungen gemacht hatte, als sie bei ihm lag? Sie vernichtete den Wurm mit einer schnellen Drehbewegung der Ferse. Zufrieden rieb sie die Hände, schnippte dann über die Schulter nach dem Gefolge und bedeutete den herbeieilenden Zofen mit einem Winken, ihr bei der Nachtzeremonie behilflich zu sein. Verhalten raschelten die Gewänder, als die Königin die Treppe emporstieg, um sich mit ihren Zofen in die Schlafgemächer zurückzuziehen.

Im Zimmer der Eltern brannte noch Licht. Mika hörte sie leise reden.

»Selbst wenn du damals bereits schwanger warst, ist doch nicht sicher, dass die Untersuchung dem Kleinen geschadet hat«, hörte sie die Stimme des Vaters. Murmelnd antwortete die Mutter: »Man weiß zu wenig über die Folgen der radioaktiven Strahlung. Wenn sie die medizinisch anwenden, wird sie doch für den Menschen nicht schädlich sein.«

»Du bist naiv, das ist denen doch gleich. Eine neue Untersuchungsmethode, die vieles vereinfacht, und ja, man weiß zu wenig über die Wirkung der Strahlen, über die Höhe der Dosis, also auch nicht, wie schädlich sie sind oder damals waren.« Die Mutter war laut geworden. Mika hörte ihrer Stimme an, dass sie weinte. Nach einer Weile antwortete der Vater mit einem Brummen, das beruhigend wirken sollte, die Mutter aber noch mehr aufbrachte. Sie weinte laut. Die Stimme des Vaters murmelte leise und anhaltend, bis das Weinen langsam verebbte. Mika lauschte lange, ohne zu verstehen, was er sagte. Dann verstummte er. Wieder folgte Stille, doch war diese jetzt von einer eigenartigen Spannung begleitet. Tuscheln. Ein verhaltenes Lachen der Mutter. Das Reiben von Stoff, dann das Rascheln der Federbetten. Ein Körper wälzte sich herum und brachte das hölzerne Bett zum Ächzen. Fragend die Stimme des Vaters, leise antwortend die Mutter. Stille. Wieder knarrte das Bett. Noch mal ein Lachen. Mika hüllte sich fester in die staubige Decke. Sie wartete. Lauschte mit gerecktem Hals. Stille, unterbrochen von Flüstern, dem leises Schmatzen und anhaltende Reibegeräusche folgten. Jetzt wurde das Licht ausgeschaltet, der dünne Streifen vor der Schlafzimmertür erlosch. Stille und Dunkelheit.

Mika ging in ihr Zimmer und legte sich aufs Bett. Lang lauschte sie in die Nacht.

6

Am anderen Morgen fand sie einen Zettel der Eltern, auf dem geschrieben stand, dass sie ins Krankenhaus gefahren seien und nicht vor dem Abend zurückkommen würden. Falls etwas dringend sei: die Telefonnummer der Klinik für Radioonkologie und Strahlenbehandlung. Daneben ein Geldschein. Mika faltete ihn und steckte ihn in die Gesäßtasche ihrer Jeans.

Wenig später stand sie unter Ellens Zimmer und pfiff durch die Zähne, um sie ans Fenster zu locken. Doch es öffnete sich die Tür, Ellen erschien und schlich geduckt zu Mika, die hinter der Thujahecke wartete.

»Was ist mit deinem Alten? Bist du nicht weggekommen?«

»Heute Morgen ist er verreist, irgendwas wegen der Herbstmanöver, er kommt erst in zwei Tagen zurück. Meine Mutter liegt noch in der Badewanne und kann nicht schnell genug raus, um mir zu folgen.«

»Und die Alte?« Aufgrund der ungenügenden Zeugnisnoten hatte der Vater eine pensionierte Lehrerin beauftragt, jeden Tag mit Ellen drei Stunden den Stoff des vergangenen Schuljahrs nachzuarbeiten, damit seine Tochter die vertraglich festgelegten Bedingungen erfüllte.

»Ist eingepennt.« Ellen kicherte. »Hauen wir ab, bevor sie mich doch noch erwischen.«

Sie rannten zu den Fahrrädern und fuhren weit hinaus. Irgendwo, wo keine anderen Menschen waren, legten sie sich in die Sonne. Mika blinzelte. Sie kniff die Augen zusammen und zitterte mit den Lidern, bis sie die Wimpernhaare sehen konnte. Ein Glitzern schoss über sie hinweg, pfeilschnell, ihm folgte ein jaulender Ton, der sich rasch näherte und einen langen Schlitz in den silberhellen Sommerhimmel schnitt, bevor er mit dem Tiefflieger verschwand, schnell, wie er gekommen war. Was blieb, war ein Sausen in den Ohren und ein Herzklopfen ohne Grund.

Sie gingen weiter, kamen in den Wald, schoben, als der Weg steil anstieg, die Räder keuchend bergauf. Ein schwüler Morgen. Die Anstrengung und die feuchte Luft machten die Mädchen stumm und schwerfällig.

Mika hätte Ellen gern gefragt, ob sie nicht mit ihr an die Adria kommen könne, doch würde die Freundin Nein sagen, sie ahnte es und vermied jede Anspielung auf den Badeurlaub, um keine Gewissheit zu bekommen. Ellens Vater wollte mit seiner einzigen Tochter und seiner Frau allein sein. Er war viel unterwegs und konnte, wovor Ellen sich fürchtete, bald in eine andere Garnison versetzt werden, weit weg womöglich, in einen anderen Winkel der Republik, vielleicht sogar ins Ausland, der fünfte Umzug in Ellens Leben, der vierte Schulwechsel. Mika wollte nicht daran rühren. Eine Brise kühlte den Schweiß in ihrem Nacken, sie hatten den Scheitelpunkt der Steigung erreicht. Mika legte den Kopf zurück. Durch die Blätterdecke des Buchenwaldes regnete das Sonnenlicht in hellen Tropfen auf ihr Gesicht.

Ganz still lag die Landschaft in der Vormittagshelle des Julitags. Ein Eichelhäher keckerte und flügelte rauschend davon. Mika sah Ellen an.

»Sag mal«, begann sie. »Weißt du jetzt, wie du es machen willst? Ich meine, mit wem und wann?«

»Keine Ahnung, du?«

»Du könntest doch in Italien …«, sagte Mika. Und dachte, hoffentlich nicht, dann bin ich allein und außerdem nicht dabei. Sie wusste nicht, warum sie das vorgeschlagen hatte. Ellen schien gleichgültig.

»Ja, vielleicht, obwohl, ich weiß nicht. Ich will verliebt sein.«

»Verlieben muss nicht sein, oder doch? Müssen Mädchen verliebt sein, sonst können sie es nicht tun?«

»Ich will irre verliebt sein. Auf jeden Fall.«

»Ich nicht, das erste Mal ist nie gut. Du machst mit, es tut weh, es blutet, das war's.«

»Du verliebst dich dabei, ob du willst oder nicht. Das ist einfach so. Darum haben Frauen immer Liebeskummer.«

»Dann will ich es lieber nicht tun.«

»Ich auch nicht«, sagte Ellen sehr leise, fast flüsternd, fast zu sich selbst.

Wieder kicherte der Vogel. Er rätschte und kreischte und lachte sie aus. Sie gingen eilig weiter, den Blick auf den Boden geheftet. Dann redeten sie von Belanglosem, dann stritten sie. Wütend aufeinander, vor allem auf sich selbst, bestiegen sie die Räder und fuhren in wilder Hast den Schotterweg hinab, bis ein Trampelpfad vom Weg abzweigte und sie auf die Himbeerlichtung führte. Sie legten die Räder hin und gingen zu Fuß weiter. Mika, die feste Schuhe trug, voraus. Sie bog die nassen Zweige der Büsche zur Seite, Tropfen aus der Nacht fielen und spritzten, wenn sie die Zweige schnellen ließ, sodass sie Ellen den Weg versperrten, ihr ins Gesicht schlugen.

Mika wollte böse sein. Ellen schien das nicht zu merken. Friedfertig nahm sie die peitschenden Zweige hin, schob sie zur Seite, folgte still der Freundin, die dadurch nur wütender wurde und grimmig schneller ging, um Ellen hinter sich zurückzulassen. Doch diese, in Sandalen und einem ärmellosen Sommerkleid, folgte ihr behände, mit tänzerischer Leichtigkeit, und wie hastig Mika sich auch vorankämpfte, so konnte sie dennoch dicht hinter sich Ellens Atem hören, ein leichtes Schnaufen, unverändert. Die Freundin ließ sich nicht abschütteln. Um den Atemgeräuschen zu entkommen, ging Mika schneller, aber sie folgten ihr, als wären es ihre eigenen. Da blieb sie plötzlich stehen, wandte sich um und reichte Ellen die Hand, um ihr durch das Gestrüpp zu helfen, und während sie das tat, fühlte sie sich in eine große Leere sacken, einer Ohnmacht gleich, einer süßen Bewusstlosigkeit, in der sie sich verlor, und hörte sich sprechen mit einer hohen Stimme, die nicht zu ihr zu gehören schien, freundlich und sanft.

»Komm, lass dir helfen, du hast ja nur Sandalen an. Das kratzt sicher.« Und führte Ellen durch die letzten Meter des Dickichts auf die Lichtung, in der die Mittagshitze sich staute.

Für einen Augenblick verschlug ihnen die heiße Himbeerluft den Atem. Ein Vogel warnte. Da war es Mika, als ob am anderen Ende der Lichtung, im Halbdunkel unter den weit herabschwingenden Tannenzweigen sich etwas bewegte, ein Schatten, der jetzt davonhuschte, größer als jedes Waldtier, schwerfälliger auch, trotz der Geschwindigkeit, mit der er hinter den leise schwankenden Tannenzweigen verschwand, ein gerundeter Rücken, über der Schulter ein blitzendes Sensenblatt. Er hielt nicht inne, bis das Schwarz ihn verschluckt hatte.

Mika sah zu Ellen, die nichts bemerkt zu haben schien und sich bereits über die Himbeersträucher hermachte, ahnungslos, den lachenden Mund mit Beeren gefüllt. Sie pflückten Himbeeren, die waren so reif, dass sie von selbst in die Hand fielen, und warfen sie sich mit einem Ruck in den Mund, wo sie die warmen Früchte mit der Zunge zerdrückten und schluckten. So voll hingen die Sträucher mit Beeren, dass die Mädchen, überwältigt von der Fülle, rascher pflückten, ernteten, aßen, schluckten und, gierig wie sie waren, einander in einer gehetzten Lust die prallsten der sonnenwarmen Beeren wegschnappten und wetteiferten, wer schneller pflücken und essen konnte.

Später, als sie sich nur noch die schönsten und dunkelsten aussuchten, diejenigen, die hoch hingen, weit über ihren Köpfen, und nur schwer zu erreichen waren, so direkt unter dem Himmel, als ihnen die stachligen Ranken, Stirn, Wangen und Arme zerkratzten und sich in ihre Kleider und Haare krallten, fand Mika die allerschönste Beere und wollte sie sich in den Mund schieben. Da sah sie in der dunklen Öffnung, am Grund des Beerenbechers, sich etwas Weißes winden. Eine helle Made, die sich nun, da Mika die Frucht von ihrem gelblichen, harten Stempel gelöst hatte, aufbäumte gegen das plötzliche Licht. Schon wollte sie die Beere fallen lassen und mit dem Schuh zertreten, da hatte sie einen Einfall.

»Hier. Von ganz oben, unter der Sonne gepflückt, die Königin der Beeren. Für dich …«

Die letzten Worte schluckte das überfallartige Heulen aus der Luft, als die Düsenjäger wieder flogen.

»Was?«, schrie Ellen in Mikas Richtung. Sie hatte den Kopf zur Seite geneigt und versuchte, Himbeerranken aus ihrem Haar zu lösen, die sich in ihm verwickelt hatten.

»Warte, ich komm zu dir.« Mika waren nur die Hände und Unterschenkel zerkratzt worden. Sie kämpfte sich aus dem Gestrüpp, umrundete es und gelangte zu Ellen, der sie, verfangen wie sie war, befahl, die Augen zu schließen und den Mund zu öffnen. Behutsam schob sie ihr die Beere zwischen die blassen Lippen. Ellen zerdrückte sie mit genießerischer Miene, und Mika sah ihr dabei zu, wie sie Himbeersaft und Madenbrei schluckte. Sie strich ihr über das Haar und befreite es von den klammernden Ranken. Kratzer, lange rote Striche auf Unterarmen und Händen, blutige Krakelei, roter Saft im Mund und an den Fingern, Süße und ein leichter Schmerz, ein feines Stechen in den Wunden, die die Dornen gerissen hatten, zuckriges Nass und kleine Blutstropfen, die quollen und im Sonnenlicht zur haarfeinen Kraterlinie erstarrten.

Wieder auf der Lichtung, umschlang Ellen Mika und presste sie an sich.

»Mika, auch wenn du viel jünger bist als ich, du bist meine allerbeste Freundin.« Mika spürte Ellens Brüste an ihrem Hals und hatte auf einmal das Gefühl, ihre Jeans sei zu eng. Sie befreite sich und sah in den Stauden nach Tschileka. Ellen setzte sich ins Gras und hielt das Gesicht in die Sonne.

7

Tag für Tag hing eine dunkelgraue Wolkendecke über dem Land, aus der es beständig nieselte. Mika saß zu Hause und hörte Musik. Sie streifte durch die Zimmer und langweilte sich. Auf der Suche nach Geheimnissen schlich sie ins Schlafzimmer ihrer Eltern, wo die Betten noch zerwühlt, die Vorhänge geschlossen waren. Der Schrank stand mit klaffenden Türen offen, Kleider lagen überall verstreut. In der Morgenhast vor der täglichen Fahrt ins Krankenhaus hatte die Mutter sich in ihren Sachen nicht zurechtgefunden. Unter dem Fenster stand ein alter Sekretär, auf dessen geöffneter Lade sie ihre Lektüren und Notizen ausgebreitet hatte. Mika blätterte in einigen der Bücher, schlug sie zu, las die Titel: *Grundlagen der Nuklearmedizin, Radiological Health Book, Atlas der Szintigrafie, Radiation Dosimetry Catalogue.* Broschüren der Internationalen Atomenergiebehörde. Mika hatte keine Ahnung, was die Mutter herausfinden wollte. Sie wusste nur, dass sie wie besessen entweder mit dem Kleinen und seiner Krankheit oder mit diesen Studien beschäftigt war. Es kam ihr vor, als würde die Mutter durch einen Tunnel rasen und alles hinter sich lassen. Ihren Mann und ihre Buben, ihre Vergangenheit, politischen Interessen, Freunde, vor allem ihre einzige Tochter, die sich nun an den Sekretär setzte und im Wunsch, der Mutter nah zu sein, ihr Notizbuch öffnete und las.

Auf der Lichtung im Himbeerwald wollte Mika Ellen von den Studien der Mutter erzählen. Von einem Verdacht, der ihr verstiegen und gefährlich vorkam. Sie beobachtete die Freundin, die die Hand über das Moos streichen ließ mit einer trägen, immer gleich nachlässigen Bewegung, so, wie man abwesend über den Rücken eines kurzhaarigen Hundes fährt, mehr, um der Hand die Sensation der Glätte und Wärme zu vermitteln, als um das Tier zu streicheln. Nachlässige Selbstbezogenheit. Der Hund war nicht gemeint.

Mika beschloss, ihr nichts zu sagen, und blinzelte in den Himmel, über den wie Wattebäusche die Wolken zogen. Hin und wieder kam es ihr vor, als huschte ein Schatten hinter den Tannen umher, die die Lichtung umstanden. Sie spürte die Gegenwart eines menschlichen Körpers, wie man den Lehrer hinter sich spürte und seinen Blick im Nacken, bevor er einen aufrief in der Prüfungsstille des Klassenzimmers und die Herausgabe des Lateinwörterbuchs verlangte, das, klein wie eine Streichholzschachtel, zwischen den Beinen klemmte.

Gelbe Augen beobachteten die Mädchen. Mika vermutete, dass sie Ellen beobachteten und fürchtete sich nicht. Und sagte der Freundin nichts. Fragte sich allerdings, was es mit dem Struppigen auf sich hatte.

»Willst du einmal einen Mann mit Bart?«

»Mit Schnurrbart?«

»Nein, mit Vollbart, einen mit vielen Haaren im Gesicht, einen, der sich nicht rasiert, dem die Haare bis unter die

Augen wachsen und weit den Hals hinab, bis sie im Hemd mit den Brusthaaren zusammenwachsen?«

»Und Augenbrauen wie Schuhbürsten. Und Haarbüschel auf dem Rücken. Und einzelne Haarfäden auf den Fingern. Und auf den Zehen.«

Ellen schüttelte sich. Mika stellte sich einen Mann vor, über und über behaart. Nackt mit einem schwarzen Bart im Gesicht und schütteren Büscheln am Körper, die helle Haut der Flanken, der dunkle Pelz zwischen den Beinen bedeckt Unterbauch und Schenkel; und auf ihm liegt wie auf einem Kissen, schlaff und mit faltiger Spitze, der nackte Schwanz.

»Erinnerst du dich an den Eisenhans? Erzähl mir die Geschichte«, sagte sie.

Doch Ellen wusste nur noch, dass der wilde Mann am Grund eines Pfuhls lag, braun war am Leib wie rostiges Eisen und dass ihm das Haar über das Gesicht bis zu den Knien herabhing. Er half einem Jungen mit goldenen Haaren.

»Hast du schon mal einen nackten Mann gesehen?«, fragte Mika.

»Einmal, im Sommer, ich war noch in der Grundschule, ist mein Vater zum Mittagessen nach Hause gekommen, und weil er schwitzte in der Uniform, ging er sich duschen. Ich habe mich im Schlafzimmer meiner Eltern versteckt, und als er aus dem Bad kam, um sich anzuziehen, habe ich ihn mir angesehen.« Ellen sah auf ihre Fingernägel. »Ich habe alles gesehen, und es hat mir gefallen, wie er sich angefasst hat.«

Mika lachte. Sie wusste nicht, ob aus Ekel oder Verlegenheit. Die plötzliche Intimität mit dem Hauptfeldwebel war ihr peinlich. Sie rupfte Grashalme aus.

»Und weil ich so gespannt war«, fuhr Ellen fort, »muss ich ein Geräusch gemacht haben. Jedenfalls hat er mich gefunden und mich, nackt wie er war, gepackt und mir den Hintern versohlt.« Sie zupfte an ihren Fingerspitzen herum, knabberte kleine Hautfetzen ab.

»Und dann?«

»Was dann?«

»Hat er noch was gemacht?« Drängend, als Ellen schweigend in die andere Richtung sah. »Was hat er gemacht? Sag. Ellen!«

Ellen stand auf. »Ich geh zurück, es wird bald dunkel.«

Und Mika folgte ihr.

»Tschileka, Tschileka.« Dicke Frau auf Kissen, Tüchern, Teppichen. Sie machte zwitschernde Geräusche, lauschte, rief leise nach den Mädchen, nach Kara Ben Nemsi und dem Nektar aus Maulbeeren, Vogelbeeren und Zitronen. Einem giftigen Most, den sie lange, langsam schlürfend trank.

In der Abenddämmerung stauten sich die Autos am geschlossenen Bahnübergang, pumpten blaue Abgase. Vor der Molkerei ließen sich die Tanklastwagen die silbernen Bäuche mit Milch füllen, während die Fahrer in der Bahnhofswirtschaft saßen und paniertes Schnitzel aßen. Ellen begleitete Mika nach Hause, denn bei ihr war keiner. Die alte Lehrerin war längst heimgegangen, und Ellens Mutter war am Nachmittag, wie immer, wenn ihr Mann auf Reisen war, zu einer entfernten Tante gefahren, von der die Mädchen annahmen, sie sei eher ein Onkel und auch nicht so alt, vor allem jedoch gar nicht mit Ellens Mutter verwandt. Denn einmal, als sie angeblich bei der Tante war, hatte Ellen sie nach der Schule in der Gaststube einer Pension sitzen und eine Zigarette paffen sehen. Der Mann ihr gegenüber saß mit dem Rücken zu Ellen, die, als die Mutter den Blick hob, schnell unterm Fenstersims wegtauchte und ohne anzuhalten nach Hause lief.

Immer wieder gelang es Ellen, dem würgenden Griff der väterlichen Kontrolle zu entkommen und so wie heute mit Mika am Fluss zu liegen. Oder mit zu ihr nach Hause zu gehen. Dem war kein Entschluss vorausgegangen, Ellen hatte nicht abgewogen, nicht überlegt. Die Entscheidung wuchs zwischen ihnen heran wie ein unbeaufsichtigtes Gewächs, klammerte sich an die Herzkammern, überwucherte und überwältigte sie, drang ins Bewusstsein vor, wurde zur Handlung, zur Tat. Sie gaben sich diesen Vorgängen einfach hin, lebten ihnen nach, überließen sich ihnen und bedachten nicht die Folgen. Es gab kein Richtig, kein Falsch. Nur die Lust und der Augenblick trieben sie voran. Jede Entscheidung war eine Weggabelung, einmal bogen sie nach rechts, einmal nach links ab, der Lauf der Dinge wurde ein anderer. Falscher war der eine Weg nicht als der andere. Richtiger ebenso wenig. So folgte Ellen Mika jetzt nach Hause. So hatte sie eines Tages ihr Tagebuch und die wichtigsten Dinge zusammengepackt, den Reisepass, das Sparbuch und den Zugfahrplan, damit sie bereit wäre für den Augenblick, an dem es Zeit wäre, wegzugehen. Abzuhauen. Den Augenblick, an dem sie in einen Tanklaster steigen würde und mit schüttelnder Milch im Gepäck über den Brenner nach Italien fahren würde, wo sie einen Jungen kannte, an der Adria.

Dürr und gelb bogen sich die Gräser vor Mikas Elternhaus, dazwischen standen Pusteblumen als seifenblasengroße Glaskugeln im Abendlicht. Wie kleine Mädchen bliesen sie ihnen die Flaumhärchen weg und erkundeten, ob sie in den Himmel oder, hatte der Blütenboden einen dunklen Fleck?, in die Hölle fahren würden nach ihrem Tod.

Keiner zu Hause, der übliche Zettel. Der Kleine musste, durch einen Rückfall geschwächt, im Krankenhaus bleiben, und Mikas Eltern waren bei ihm. Hinter der geschlossenen Tür klingelte das Telefon. Als Mika in den dunklen Gang stürzte und den Hörer abnahm, hörte sie nur noch das durchgehende Summen des Freizeichens.

»Findest du Vitus einen schönen Namen? Oder Erlolf?« Die Mädchen lagen auf Nicks Bett und lachten. Mika reichte Ellen die Zigarette, in die sie Tabak und etwas Gras gerollt hatte, und die sie, weil alles so trocken war und rasch abbrannte, hastig rauchten. Das Papier glomm auf und erhellte das dämmrige Zimmer, in dem dick der süße Rauch hing.

»Speusippus ist schön. Speusippus, Meleusippus, Eleusippus.«

»Das sagst du nur, weil du reitest und Pferde magst. Wozu brauchen Pferde überhaupt einen Schutzheiligen? Und dann gleich drei? Die alle gleich heißen? Stell dir vor, das Essen ist fertig, du öffnest das Fenster und rufst: ›Speusippusle, komm heim!‹« Mika kicherte.

»Wenn ich Drillinge hätte, würde ich sie nach den Pferdeheiligen nennen: Speusippus, Meleusippus, Eleusippus. Und wie sich ihre Namen nur durch einen oder zwei Buchstaben unterscheiden, unterscheiden die Jungs sich nur durch einen Leberfleck am Ohr oder einen Haarwirbel über der

Stirn, der sich bei zweien rechts, beim dritten aber links herumdreht. Eleusippus aber hätte ich am liebsten, weil er beim Namen am wenigsten Buchstaben, aber den schönsten Klang abbekommen hat. Eleusippus wie Elysium.«

»Eineiige Drillinge. Gibt's gar nicht. Da unterscheiden sich die Bläschen in einem Froschlaich stärker voneinander. Nein, das gibt's nicht. Tausende kleine Augen in einem Froschlaichglibber, jedes eine hoffnungsvolle Kaulquappe. Jedes schaut dich an.« Mika beugte sich über Ellen und rollte die Augen. Ellen musste lachen, dann husten; dicke Tränen rannen über ihre Schläfen. Sie zappelte, streckte die Hand mit dem Joint von sich und ließ die Asche vom oberen der Stockbetten im Zimmer der Brüder auf den Boden fallen. Mika zog, und das Papier glomm rot auf. Dann schwang sie sich vom Bett und stellte den Plattenspieler an.

»Ev'rybody kno-ho-ho-hows. That Baby's got new clo-ho-ho-hothes. But lately I see her ribbons and her bows.« Ellen sang mit. Sie drückte die Endungen aus sich heraus, ließ die Stimme in einem Jammerton abfallen. »Have fallen from her curls.« Sie schüttelte die Haare, winkte Mika, die einfiel.

»She takes just like a woman.« Ellen bestätigte.

»Yes, she does.« Mika heulend jetzt.

»She aches just like a woman.« Sie lachten. Schrien.

»But she breaks just like a little gi-hi-hi-hirl.«

Atemlos. Am abgebrannten Kiff ziehen, der zwischen den Fingern steckte wie in einer Pinzette. Sich die Lippen anbrennen. Mit der Zungenspitze erfrischen. Kühlen.

»Benedikt gefällt mir nicht«, sagte Ellen.

Mika kraxelte wieder aufs Bett, warf sich neben die Freundin.

»Wusstest du, dass das Nicks richtiger Name ist?« Ellen setzte sich auf, blies Rauch ins Zimmer, gab Mika den Joint.

»Und ich bin die Jungfrau von Orléans.« Sie kicherte, hustete, lachte haltlos. Sie sank hintüber aufs Bett, ihre langen Beine baumelten von der Bettkante. Ihr Kopf fiel in Mikas Schoß. Die wusste nicht, wohin mit dem brennenden Stummel, drückte ihn auf der Fensterbank aus. Ellens Haare wie Seidenfäden rieselten über die Haut ihres Beins auf den dunkelbraunen Bettbezug, raschelten leise, als sie den Kopf drehte, und Mika, die sich jetzt aufgerichtet hatte, strich ihr übers Haar, sah sie an. Das Augenschwarz, von einer lichten blauen Kreislinie umgeben, brannte sich in den Blick der Freundin.

Mika sah zur Seite, dann wieder zu Ellen. Sie legte ihr die Hand auf die Augen, zog sie wieder weg, neigte sich nach vorn, sie krümmte sich tief hinab, ihr Gesicht sank auf Ellens schwarzen Blick, und, ganz in sich gekehrt, ließ sie ihre Lippen auf Ellens Mund so weich, so nachgiebig ruhen, und dann atmete sie nicht mehr, sie sah Ellens Ohren nicht, nur das helle Haar unter dem Stirnband, die Wimpernkränze ihrer geschlossenen Augen. In ihrem Bauch spannte ein Gummiseil, dann fühlte sie etwas erstaunlich Weiches gegen ihre Lippen stoßen, sie öffnen, es passierte einfach und drängte in den Spalt und zappelte in ihr, schmeckte nach Metall und Himbeeren und schlängelte sich in ihrem Gaumen und kroch über die Zähne, die Zunge, bewegte sich und, Mika sperrte die Augen auf, krümmte sich madenhaft.

Sie riss den Kopf zurück, kaltes Nass auf dem Gesicht, das wischte sie weg; und sie wischte Ellen weg, ihren Kopf, ihr Lächeln, ihr schönes Gesicht, weg von ihrem Schoß. Die Freundin setzte sich auf, kniet vor ihr zwischen ihren Beinen, umfasst die Schenkel, zieht an ihnen, bis Mika daliegt auf dem Rücken, spreizt ihre Beine und drückt sie auseinander. Jetzt liegt sie bäuchlings auf der Freundin.

»Halt mich, umarm mich.« Doch Mika kann nicht, liegt nur einfach da, und Ellen lastet auf ihr, begräbt sie unter sich und hält das Gesicht ganz nah hin, Haarvorhang zu beiden Seiten, und senkt ihrerseits den Mund auf Mikas Lippen, und Mika kann nicht anders, schlingt die Arme um den Hals der Freundin, die sich öffnet jetzt. Wasser läuft in Mikas Hals. Messing, Beeren, Spinnwebhaar vor Augen. Und Ellen, die Schlangenbewegungen macht, drückt sie nieder, bis sie gemeinsam in eine nasse Mulde sinken, darüber wirbelt die Zärtlichkeit in kleinen Luftstrudeln, weitet sich in eine schwarze Öffnung aus Widerwille und Begehren.

Ellen sitzt auf der Bettkante, Kopf, Beine, Haare, alles hängt hinab und Tränen fallen auf ihr Sommerkleid. Mika hält die Hände vors Gesicht, weiß nicht, was sagen, tun, wie weiter. Der Kapitän. Ihr Kapitän wüsste es. Sie sieht ihn vor sich, breitbeinig in Leinenhosen, das Ruder in der Hand, den engen Blick am Horizont, die Lederhaut, die Sternenfältchen in den Augenwinkeln. Sie stellt sich vor, was er wohl täte an ihrer statt, nichts fällt ihr ein, nur der Schemen des Schiffes am Horizont, das auf sie zuhält, an dessen Deck sie spränge, in dessen Bauch sie sich verkröche, um die heiseren Maschinen anzuwerfen, auf dessen Brücke sie stünde, das Steuerrad fest im Griff, schipperte sie die Themsemündung hinab, wie er den Blick festgenagelt am Horizont.

Ellen stieß sich ab und sprang auf den Boden. Jetzt hörte Mika sie im Bad. Das Wasser rauschte. Sie folgte ihr, sah zu, wie sie das Gesicht wusch, die Haare im Nacken zusammenhaltend, den Mund spülte, dann die Seife nahm, an dem blauweiß geäderten Stück schleckte, mit Wasser aufschäumte, gurgelte, noch einmal, und ein Stück abbiss, es im Mund wälzte, während sie sich Hände und Gesicht einseifte, abrieb, einseifte, an den Haaren roch, Haarspray von Mikas Mutter darüber stäubte und schließlich ausspuckte, bläulichweißen Schaum wie Gift. Sie lächelte.

»So merkt mein Alter nichts.«

»Wovon?« Mika dachte, dass man Küsse nicht riechen kann.

»Vom Kiffen, Dummkopf.« Mika fühlte sich klein und ärgerte sich. Sie hörten ein Auto.

»Deine Eltern, ich muss gehen. Holst du mich morgen ab?« Mädchenhaft leicht und unbeschwert schwang sich Ellen die Treppe hinab, hüpfte aus dem Haus, grüßte Mikas Eltern obenhin, verlor sich in der Dämmerung.

Mika, die mit hängenden Armen am Fenster stand, sah das helle Kleid verschwinden, dann die Eltern auf das Haus zutreten, langsam, schwer. Der Vater musste die Mutter stützen, die an seinem Arm hing und sich, um nicht zu fallen, an ihn lehnte. In der Dunkelheit schwebte, mit zerrissenem Ausdruck, ihr Gesicht, gehalten nur vom Kopftuch, das sie, um den Hals geschlungen, im Nacken geknotet hatte. Die Miene quer verriegelt von der lächerlich unnützen Sonnenbrille. Der Vater hatte die Hände vor dem Bauch gefaltet, um sich Kraft zu geben, sich zusammenzureißen, sich festzuhalten an sich selbst.

Jetzt ist er tot. Er ist gestorben, während ich hier lag und küsste, er hat sein Leben fahren lassen, ihm wachsen Flügel aus den Schulterblättern, die Federn kräftigen sich und verankern sich mit den Kielen im festen Flugmuskel. Er öffnet sie und schwingt sie weit auf und macht sich davon. Woandershin. Endlich. Mika seufzte. Sie wünschte es sich, und ihr wurde heiß. Im Bauch und in den Beinen. Er sollte weg sein. Fort für immer. Sie wünschte es sich und stellte sich ein Danach vor, doch da war nichts weiter als ein tintig schwarzes Nichts.

8

Anderntags war Ellen weg. Mika hatte mit schwerem Herzen geschlafen. Sie suchte nach neuen Sternbildern, doch fand sie keines. Als wären die Holzfetzchen unter der Tapetenhaut umhergewandert in der Nacht und hätten ihre Sternordnungen zerstört, ergaben auch die bisher gefundenen nur das sinnlose Kratzmuster eines gelangweilten Kindes an der Wand.

Es war schon später Vormittag, als sie durch das leere Haus in die Küche ging, wo zwei Tassen mit kaltem Kaffee standen, daneben der übliche Geldschein, der übliche Zettel mit der Nachricht der Eltern, dass sie schon früh ins Krankenhaus gefahren seien, Mika solle nicht enttäuscht sein, bald kämen sie zurück und dann … Sie trank große Schlucke Milch aus der offenen Packung, schob sich eine Scheibe Brot zwischen die Zähne, steckte den Zehnmarkschein in die Jeans, doch als sie mit der flachen Hand in die Gesäßtasche fuhr, fehlten die anderen. Fünf, manchmal zehn Mark für jeden Tag, das machte inzwischen siebzig oder achtzig Mark, von denen sie so gut wie nichts ausgegeben hatte. Waren sie am Fluss geklaut worden, während sie gebadet hatte? Von Ellen? Mika glaubte sich zu erinnern, dass es in der

Hose geknistert hatte, als Ellen sie ihr tags zuvor von den Hüften geschoben hatte. Sie fuhr, so schnell sie konnte, in die Neubausiedlung, in der Ellen wohnte.

Sie klingelte, klopfte, doch keiner öffnete. So ging sie um den Bungalow und versuchte, durch die Scheiben ins Innere zu sehen. Die Vorhänge zugezogen, die Jalousien herabgelassen. Keiner da. Das Garagentor verschlossen.

Als sie um die Ecke trat, um ihr Fahrrad zu holen, stand da die alte Eberhardt am Gartentor und lachte. Mika zögerte, wollte vorbeihuschen, doch die Eberhexe packte sie am Handgelenk, zog sie zu sich herab und brachte ihr faltiges Gesicht dicht an Mikas.

»Suchst deine große Freundin, was? Die ist aber schon lange fort. Heute Morgen hat der Vater sie und die Koffer ins Auto gepackt und dann …« Sie pfiff zwischen den Zähnen hindurch und hob die Hand ins Ungefähre. Der Eberhardt, die seltsam roch, nicht streng, eher würzig, nach Kräutern und Holzrauch, fehlte oben und unten je ein Vorderzahn. Sie klappte den Kiefer auf und zu. Mika, die ihr in den Schlund sehen musste, rüttelte mit dem Arm, um sich loszureißen, doch die Eberhardt packte sie nur fester. »Weg sind sie. Und die Mutter auch. Nach Winnenden hat er sie abgeschoben, der Herr Offizier. Gestern schon. Weg. Damit er allein sein kann mit dem Fräulein Töchterchen. Am italienischen Strand.«

Mika zerrte noch einmal und konnte ihren Arm nun der Alten entwinden und abhauen. Kein Wort war davon wahr, das wusste sie. Die alte Eberhardt gehörte in die Klapsmühle nach Winnenden. Nicht Ellens Mutter, diese sanfte Frau, die ihre Tochter ausstattete wie eine Prinzessin und immer lächelte, wenn Mika kam. Die ihr die fein gepflegte, weiche Hand gab und sie mit leiser Stimme begrüßte, bevor sie sich wieder in ihr Zimmer zurückzog, wo sie unter Tüllschleiern und Samtdecken vor sich hindämmerte und dickleibige Romane las oder Verse murmelnd in Gedichtbänden blätterte, bis sie weinen musste.

Als Mika sicher war, dass die Eberhardt sie nicht mehr sehen konnte, warf sie das Fahrrad hin und setzte sich auf die Böschung der Straße, die das Neubauviertel mit der Stadt verband. Große Lücken klafften zwischen den Einfamilienhäusern, brachliegende Grundstücke, die auf ihre Bebauung warteten. Mika stocherte mit dem Absatz im Lehm. Der klebrige Grund war durchsetzt mit Zähnen, groß wie Würfelzucker, und Knochenstücken, porös wie Bimssteine. Überreste der Pferde, die vor Jahrhunderten hier auf dem Schindanger abgedeckt worden waren. Auch der Richtplatz war hier gewesen. Noch immer hieß die Gegend »der Galgenberg«. Vieh hatten sie hier abgetan, Verbrecher aufgehängt, Hexen verbrannt. Einige der beinernen Fundstücke hatte Mika in ihrem Baumhaus versteckt. Nachlässig grub sie im Dreck, stocherte mit der Schuhspitze, riss, als sie nichts fand, Gräser und wilde Blumen aus und warf sie auf die Straße.

Zu Hause trödelte sie durch die Räume, streifte durch die Werkstatt des Vaters, hangelte am Flaschenzug, baumelte am Wendegehänge, schwang sich auf und hing als Fledermaus kopfüber an der Laufkatze, stellte sich tot, war ein Steinblock, kalt und schwer, wurde in die Werkstatt gezogen, abgelassen, hingestellt. Als ihr das Blut in den Schläfen klopfte, sprang sie herab, taumelte, musste sich setzen und eine Welle der Übelkeit vorüberziehen lassen. Sie wollte sich hinlegen und entschied sich für Nicks Bett, wo sie einschlief und davon aufwachte, dass sie die Made wieder sich winden sah und die Zungenspitze hervortreten zwischen den Lippen von Ellens Mund. Sie öffnete die Jeans und schob die Hand hinein.

»Ich vermisste meinen verstorbenen Rudersmann fürchterlich – ich vermisste ihn sogar schon, als sein Leichnam noch im Ruderhaus lag. Er steuerte für mich – ich musste auf ihn aufpassen, mich mit seinen Unzulänglichkeiten abplagen, und auf diese Weise war ein geheimes Band geknüpft worden, dessen ich erst innewurde, als es zerriss.« Wieder trieb der schwarze Mann den Fluss hinab, als sei er ein Büschel Gras. Mika lag auf dem Rücken, das Buch vor Augen. »Dieses blonde Haar, dieses blasse Antlitz, diese klaren Brauen schienen umgeben von einem äschernen Schein, aus dem heraus sich ihre dunklen Augen auf mich richteten.«

Weit entfernt ein Klingeln, das schwache Rappeln der Haustürglocke. Noch einmal. Lang, stotternd, ungeduldig. Hastig wischte sie sich die Augen, sprang vom Stockbett, knöpfte sich die Hosen zu, rannte die Treppen hinab und sah in das gleißende Sommerlicht, vor dem sich die Silhouette einer großen Frau abzeichnete.

»Hi. Ist dein Vater da?« Die Frau, die ein Mann mit sehr langen Haaren war, sprach mit sanfter Stimme die Worte langsam aus und dehnte sie dabei etwas in die Länge. Mika schüttelte den Kopf. Der Mann stand vor der Sonne, einen Strahlenkranz um den Kopf. Sie versuchte, ihn zu erkennen, sie hatte ihn noch nie gesehen.

»Du musst Mika sein. Hermann hat mir viel von dir erzählt.«

Wie konnte das sein? Warum erzählte der Vater einem Mann, den sie nicht kannte, der sie noch nie gesehen hatte, von ihr? Mika ahnte, dass sie durch die Gedanken anderer geisterte, ohne dass sie je davon erfuhr. Nicht nur der Kapitän und der Eisenhans, Ellen und Nick, der Struppige und Tschileka lebten in ihr. Auch sie hielt sich im Denken anderer auf, ohne es zu wollen, und was ihr wie ein ungeheurer Verrat erschien, rief in ihr gleichzeitig die Vorstellung hervor, sich aufzulösen, zu verlieren. Sie stand und starrte. Der Mann trug Stiefel, eine Lederjacke mit Fransenärmeln, einen Gürtel mit Löwenkopf und langes Haar von der Farbe reifer Haselnüsse. Um den Hals hatte er sich eine dünne Lederschnur gebunden, und an allen Fingern, außer den Daumen, glänzten Silberringe. Sein glattes Gesicht war von leichtem Flaum bewachsen, die Brauen schwangen sich wie Vogelschwingen über den Augenhöhlen, er lachte mit einem breiten Mund und schüttelte sein Haar zurück. Er wusste, dass er schön war. Mika blinzelte ihn sprachlos an.

»He, Kleines, komm, ich beiß dich nicht.« Er beugte sich etwas nach vorn und sah sie mit hellen, fast wässrigen Augen an.

Sie musste schlucken, stammelte: »Der Vater ist nicht da. Im Krankenhaus. Kommt abends erst zurück.«

Er nickte, lächelte, wandte sich zum Gehen.

»Sag ihm, der Earl war da, er weiß schon, ich ruf ihn später an.«

Mika fasste sich.

»Ist gut, ich richt's ihm aus.«

Er trat auf die Straße und ging zu seinem Motorrad. Geh nicht. Wollte sie rufen, doch er stülpte sich den Helm auf und trat die Norton an. Er wendete am Ende der Straße, ließ den Motor der 850er röhren und brauste mit lässigem Gruß an ihr vorüber; die Kuppe schnappte und verschluckte ihn.

Sommer, Heu, zwiebliger Schweiß und etwas Unbekanntes, das sie noch nie an sich gerochen hatte. Sie lag im Gras, die Nase in der Armbeuge und schnupperte an ihrer Haut, die braun war wie Packpapier. Sie bohrte die Zunge in die Armbeuge, dachte an Ellen, wälzte sich auf den Rücken und wieder auf den Bauch. Fiebrige Erinnerungen jagten über sie hinweg, ihr wurde taumelig, und sie setzte sich auf. Vor ihren Augen tanzten schwarze Punkte, Sternbilder zogen vorüber. Sie warf sich ins Wasser und ließ sich bis zu der Stelle treiben, an der sie das Wasser verlassen hatten und zum ersten Mal in die Himbeerlichtung geraten waren. Diesmal würde sie nicht an Land gehen, sondern flussaufwärts zurückschwimmen. Sie kämpfte sich voran, kam schwer nur gegen die Strömung an. Immer wieder wurde sie zurückgetrieben und stemmte sich dem Wasser umso verbissener entgegen, je aussichtsloser ihr Kampf war. Leute beobachteten sie. Sie tauchte unter, tauchte auf, jappte nach Luft, tauchte wieder. Bauarbeiter in blauen Latzhosen und staubigen Schnürstiefeln gingen am Ufer entlang. Zwischen sich trugen sie einen Bierkasten. Als sie das schwimmende Mädchen entdeckten, blieben sie stehen und sahen auf sie herab. Dann pfiffen sie zwischen den Zähnen hindurch. Mika schwamm. Ihr Kopf wurde heiß. Sie sah nicht hin. Die Männer redeten miteinander, riefen ihr etwas zu. Noch einmal pfiffen sie. Sie drehte sich zur Seite, sah nicht hin, hielt auf das gegenüberliegende Ufer zu, wollte aus dem Wasser kommen, sich den Blicken entziehen, doch was, wenn sie nicht weggingen, vielmehr stehen blieben, sie weiterhin beobachteten, ihr Obszönes zuriefen, sie anmachten, ich pack dich, komm, Baby, ah, sie würde dastehen in ihrem Bikini, der aus nichts weiter bestand als drei orangefarbenen Stofffetzen und vier braunen Schnüren. Nackter als nackt würde sie sein.

Mika wusste nicht, was tun. Sie schwamm, doch gegen die starke Strömung kam sie nicht an, vielmehr paddelte sie auf der Stelle und bot den Männern ein verzweifeltes Schauspiel. Verbissen fixierte sie das andere Ufer, wünschte sich, unterzugehen und nie mehr aufzutauchen. Sie kämpfte sich weiter, wollte nun doch ans andere Ufer kommen, doch das Wasser hielt sie fest, trieb sie in der Mitte des Flussbetts wieder zurück, und nun, da ihre Kräfte nachließen, weiter, weiter hinab, sie kämpfte nicht mehr, ruderte mit lahmen Gliedern, versuchte, nicht unterzugehen, trieb jetzt, da sie es nicht mehr wollte, an das Ufer, wo dichtes Weidengebüsch die Zweigspitzen tunkte. Untergehen und nie mehr auftauchen.

Schlotternd saß sie unter dem Dach aus Zweigen, lauschte. Nur Wasserrauschen, Vogelzwitschern, Rufen. Nicht mal ein Düsenjäger, auch die Männer waren nicht mehr zu hören. Sie fluchte, um sich vom Weinen abzuhalten, konnte nicht verhindern, dass die Kälte in sie kroch und die Verlassenheit sie schüttelte. Sie schlug die Arme um die Knie und schluchzte und schluchzte und löste sich auf in Wasser, Tränen, Rotz und Schleim.

Auf einmal hörte sie durch den Schleier ihrer Traurigkeit hindurch ein Knacken, ein Rascheln hinter sich. Etwas bewegte sich im Gebüsch. Sie lauschte. Schritte, da ist einer, ein Mann wohl. Sie rührte sich nicht. Sie fürchtete sich. Da war es wieder, Zweige bewegten sich, Blätter rauschten. Das Geräusch näherte sich. Sie kannte es, wusste, was es bedeutete. Vor Wochen hatte sie es zum ersten Mal gehört, damals, als der Kleine nach den Untersuchungen nicht mehr aus der Klinik nach Hause gedurft hatte. Damals, als sie noch geglaubt hatte, dies sei ein Sommer wie jeder andere. Wieder raschelte es, jetzt dicht in ihrem Rücken, und jetzt wusste sie, dass er es war. Der struppige Mann. Dass er immer da ist, immer schon da war. Der Eisenhans. Er war da in der Nacht gestanden und mit dem Auto davongerast, er war in ihrem Baumhaus gewesen und hatte ihre Sachen durchwühlt, er war der Schatten bei den Himbeersträuchern. Mika war gelähmt, dachte, sie könne es nicht, doch dann versammelte sie alle Kraft in sich und drehte sich mit einem Ruck um. Keiner da. Bäume, Stauden, Büsche standen da und rührten sich nicht, kein Laut. Mit harten Augen tastete sie die geschlossene Oberfläche des Dickichts ab. Nichts zu sehen. Stille nach wie vor. Sie sah sich um, fand einen trockenen Ast am Boden liegen, packte ihn mit der Faust, schwang ihn hoch und schlug mit ihrer ganzen Wut auf das Grün ein.

»Zeig dich. Komm heraus, du Sau. Ich kenne dich. Du Spanner, kleinen Mädchen hinterherschleichen. Du bist das Hinterletzte, du alter Sack.«

Sie schwang den Ast mit beiden Händen über den Kopf und ließ ihn wie ein Beil mit Wucht auf das Dickicht fallen. Um sich nicht zu fürchten, steigerte sie ihren Zorn in eine Raserei. Stellte sich vor, die Bauarbeiter säßen in den Büschen, der Struppige dabei, und lachten sich eins. Sie hackte, brüllte und schlug. Auf einmal ließ sie den Ast sinken, horchte wieder mit hängenden Schultern. Da war nichts. Nur vom anderen Ufer ein gedämpftes Lachen. Die Bauarbeiter saßen da mit Bierflaschen in der Hand und sahen ihr zu. Da war es ihr, als hätte jemand einen Stöpsel aus ihren Fußsohlen gezogen und sie liefe aus.

Der Mut verließ sie, Panik breitete sich aus wie ein Lauffeuer. In blinder Hast schlug sich Mika durchs Gebüsch, kroch und stolperte und lief und rannte, bis sie den Schotterweg erreichte, auf dem sie aus dem Wald herauskam. So schnell war sie gerannt, dass sie nicht spürte, wie die scharfen Kieselkanten in ihre Füße schnitten. Wie die Stoppelfeldläuferinnen war sie darüber hinweggeflogen.

Jetzt saß sie am Flussufer, besah sich die verletzten Sohlen und kühlte sie im Wasser. Als sie aufgehört hatten zu bluten, schob sie die Füße vorsichtig in die Stoffschuhe, warf sich das Frotteekleid über den Kopf und humpelte, so schnell sie konnte, aufs Rad gestützt nach Hause.

9

Die Briefkastenöffnung klapperte. Leichte Papiere und schwerere Stücke wurden durch den Schlitz geschoben und fielen auf den Boden. Mika ging auf den Fußaußenkanten die Treppe hinab. Eine blau-grüne Postkarte, ihr Name, von Nick geschrieben, und ein Gruß.

> Hi Mickey,
> das Leben hier ist leicht.
> Und langweilig, das auch.
> Vermisse dich.
> Nick

Sie betrachtete das Blau, das Grün. Es war der Sonnensee, der Wald drumrum, der Himmel, der derselbe war wie hier. Die Brüder waren nicht am Fjord. Sie waren ganz in ihrer Nähe. Sie waren hiergeblieben, lungerten am See rum, gar nicht weit von hier, und sie hatte nichts davon gewusst. Nick. Sein heller Körper, die braunen Haare, die ihm wie Federn um das Gesicht flusten. Sein Lachen mit den viel zu vielen Zähnen im Mund. Vermisse dich. Ja, ja. Kalte Wut.

Im Zimmer der Brüder legte sie die Platte auf, die sie mit Ellen gehört hatte, schwang sich auf Nicks Bett und kramte sich den Songtext Wort für Wort zusammen: Bis sie sieht schließlich, dass sie ist wie all der Rest. Mit ihrem Nebel – fog, Nebel? Und ihrem Amphetamin. Medikamente, das pastellfarbene Pulver für den Kleinen, der bittere Geschmack der zerstoßenen Tabletten, von denen sie eine Fingerspitze geschleckt hatte, Prednison und Methotrexat, sie machten, wie sie wusste, außer Übelkeit gar nichts. Sie dachte an die Brüder, an ihr Geheimnis. Ihr wurde heiß vor Wut.

Ist das Schmerz hier drin, ich kann nicht bleiben hier drin, ist es nicht klar, dass ich gerade nicht passe, ja, ich glaube, es ist Zeit, uns zu verlassen, wenn wir wieder treffen … Dass ich nicht passe? Sie drehte die Lautstärke auf, um in ihrem Bett besser hören zu können. »I didn't realize how young you were.« Sie sang. Sehr laut jetzt. »Sooner or later, one of us must know, you just did what you're supposed to do.« Dass ich niemals wirklich vorhatte, zu tun dir – »any harm«. Irgendein Böses. Mika lachte.

Da klopfte es am Rahmen der geöffneten Tür, und die Mutter kam zu ihr herein. Ein Blick von unten, ein leichter Zug an ihrem Fuß, dass sie nach unten kommen sollte, die Mutter lächelte. Mika starrte gelangweilt auf das Plattencover, schlug es auf und zu. Auf und zu. Sie würde es den dreien heimzahlen. Nick auch. Besonders Nick. Sie nahm die zweite Platte der Doppel-LP aus dem Cover und bog sie zwischen den Händen, bis sie mit einem lauten Krachen nachgab und in zwei Hälften zersprang. Ein wimmerndes Geräusch. Weinte die Mutter jetzt? Mika steckte die Platteile sorgfältig zurück in die Hülle und verschränkte die Arme vor der Brust. Finster starrte sie auf die Mutter hinab, die da nach vorn gebeugt auf einem Stuhl saß. Wasser tropfte unter ihren Haaren hervor. Mika blätterte im Wörterbuch. Dann warf sie es voller Wut auf den Boden, drehte sich weg und suchte die Wand ab. Dieselbe Raufasertapete, unzählige Holzsprengsel, Figuren, Gesichter, Sternbilder, die nur darauf warteten, von ihr entdeckt zu werden. Sie war es nicht, die die Platzhalter der Sterne fand, die Bilder waren schon immer da, in der Wand verborgen. Mika machte sie nur sichtbar, brachte die Bilder an die Oberfläche, suchend, kratzend, kombinierte sie eins und eins. Mika erfand sie nicht, sie fand sie nicht einmal, sie machte sie nur sichtbar. Die Mutter schnäuzte sich. Mika kratzte vorsichtig die Bilder mit dem Fingernagel in den weißen Untergrund. Ein Punktmuster entstand, ein Rätselbild, sie nummerierte es in Gedanken, verband die Punkte, zeichnete ins Zentrum ein Auge, einen Schnabel oder Mund. Sie würde Nick ein Rätsel aufgeben, das er lösen musste, wenn er wiederkam. Nur waren, anders als in Zeitschriften, die Punkte in Mikas Rätsel nicht nummeriert. Keine Reihenfolge. Alles war möglich. Ein Gnom, eine Krake, ein Panzer konnte sich zeigen. Je nachdem, was Nick darin sah. Das Auge konnte ein Auge, eine Geschwulst, die Mündung eines Revolverlaufs sein. Ein Schniefen, Räuspern. Die zittrige Stimme der Mutter.

»Hör mal. Es gibt Probleme mit dem Relief an der Kirche. Die Proportionen stimmen nicht, das Gewicht war falsch berechnet worden, jetzt sind die Halterungen zu schwach. Dein Vater musste heute früh verreisen und wird sicher nicht vor Ende nächsten Monats zurück sein.« Die Mutter sprach mehr zu sich selbst als zu ihrer Tochter. »Ich weiß es auch nicht genau. Die Plastik ist wohl abgerutscht und dabei beschädigt worden. Er will jetzt unbedingt dabei sein und die Restaurierung beaufsichtigen. Was für ein Kunstwerk, das restauriert werden muss, bevor es auch nur einen Tag zu sehen war.«

Cygnus, der Schwan. Lang vorgereckt der Hals, weit gebreitet die Schwingen, es fehlte nur Deneb, der wichtigste Stern. Deneb, der die Schwanzfedern darstellte. Mika suchte fieberhaft. Ohne ihn würde der Schwan nicht steuern können. Er wäre, sofern er überhaupt vom Wasser kam, dem Wind, der Thermik ausgeliefert.

»Mick, du musst mir helfen. Ich kann den Kleinen aus dem Krankenhaus holen. In einer Stunde muss ich dort sein, brauche aber jemanden, der während der Fahrt auf ihn aufpasst und sich mit ihm beschäftigt.«

Mika erbarmte sich und kratzte Cygnus einen Deneb, dass er fliegen konnte, auf und weg. Schon klappte er die ungeheure Mechanik seiner Schwingen auseinander, breitete sich aus und schwang die Arme, drückte Luft unter die Flügel, reckte sich aus dem See, Hals voran, den dunklen Schnabel im Wind, stieg ein wenig in die Höhe, platschte mit den grauen Füßen, wühlte das Wasser, rannte, schlug das Wasser, schlug die Luft, rannte schneller, riss die Schwingen hoch, peitschte Luft, trat das Wasser, stieg ganz wenig in die Höhe, hob sich auf die Luft, die ihn jetzt tragen wollte; und das war der Moment, an dem viele aufgaben, zurücksanken und rasch und wie verschämt die Flügel wieder unter ihren Körper schlugen, den Spazierstockhals in ruhiger Würde, nichts war geschehen – doch Cygnus nicht, er nicht, er schlug die Arme, raste über die schäumende Oberfläche des Sees, flappend, rudernd, einen langen Augenblick lang hilflos zappelnd und in lächerlicher Verrenkung, bevor es ihm gelang, mit weit gerecktem Hals sich aufzuschwingen und von einem Wasserwesen in ein Lufttier sich zu wandeln.

»Bitte, sei so gut und begleite mich. Spiel ein bisschen mit dem Kleinen, das kannst du doch so gut, und achte darauf, ob ihm schlecht wird.«

Mika wollte nicht, sie wollte auf keinen Fall, wusste jedoch nicht, warum. Ellen, die Brüder, alle waren weg, und sie lag hier mit zerschnittenen Sohlen, während draußen ein weiterer trüber Sommertag sich triefend in Grau hüllte, ein Regentag, an dem sie nichts weiter würde tun können, als im Bett zu liegen, Musik zu hören, Träumen nachzuhängen, sich zu langweilen. Was also hinderte sie, der Mutter den Gefallen zu tun? Sie wusste es nicht. Sie hatte Angst. Angst vor dem Anblick des Kleinen da im Krankenbett. Angst vor der Wirklichkeit, die darin lag. Die Mutter hatte sich erhoben und war ans Fenster getreten. Mika sah ihren Rücken in dem gestreiften Sommerkleid und die dunklen Haarwellen, die über ihre Schultern fielen. Sie weinte nicht.

»Schau mal, ein Eichelhäher.« Mika sah einen rötlichen Schatten, ein weiß-schwarzes Blitzen, dann dunkles Flattern.

»Ich komme mit«, sagte sie schlicht.

Die Schultern ihrer Mutter senkten sich ein wenig ab, sie wandte sich um. Ein lange verschwundener Ausdruck von Gelöstheit erschien wieder auf ihren Zügen, als sie zu Mika kam, um ihr die Decke wegzureißen. »Dann aber los.« Und kitzelte sie an den Seiten, huschte mit den Fingerkuppen über Bauch und Rippen, tastete sich in die Achselhöhlen vor, lachte laut über Mika, die sich kreischend wand und flehte.

»Bitte nicht. Bitte nicht.«

Sie erreichten das Krankenhaus in der Landeshauptstadt am späten Nachmittag. Es war auf Krebsfälle wie den des Kleinen spezialisiert. Als sie auf die Kinderstation eilten, kamen sie am Röntgenraum vorbei, wo die brüllenden Babys ausgestreckt, zwischen zwei durchsichtige Plastikplatten geschnallt, eins nach dem anderen vor die Röhre gehängt wurden. Sie wurden durchleuchtet, heruntergenommen und in einem großen Wagen zueinander gelegt, um auf die Station zurückgefahren zu werden. Von der Plexiglashülle befreit, sahen sie sahen alle gleich aus. Zornesrot und hilflos fuchtelnd, unterschieden sie sich nur in Menge und Schattierung des Haars. Manche schliefen, die meisten schrien.

Stockwerk um Stockwerk eilten die beiden nach oben. Vor der Kinderstation wurde Mika beschieden, draußen zu warten, zu groß sei die Gefahr einer Infektion mit Grippeviren oder den Erregern von Kinderkrankheiten. Eine Ansteckung jedoch würde für das labile System des Kleinen den sicheren Tod bedeuten.

Sie fuhr mit dem Fahrstuhl ins Erdgeschoss, verließ das Gebäude und ging in den parkähnlichen Garten – wo nasse Bänke standen und es von den Bäumen tropfte. Sie trödelte auf der kahlen Wiese vor dem Gebäudeflügel herum, in dem die Kinderstation untergebracht war. Ein vielstöckiger Betonbau, schmal und hoch, und ganz oben, im letzten Stockwerk unter dem Himmel, lagen die Kinder in den

Gitterbetten und warteten. Sie warteten darauf, dass ihnen Flügel wuchsen. Das hatte Mika gedacht, als sie die Kleinen von Weitem durch die Glastür oder in einem der eilig vorübergeschobenen Betten gesehen und versucht hatte, einen Blick auf den Rücken des Kindes zu erhaschen. Die Falten, Erhebungen und Bauschungen der Kindernachthemden und kleinen, geknöpften Schlafanzugjacken waren die Andeutungen. Darunter wuchsen den Kindern neue Gliedmaßen. Bald würden die Hemden zu eng werden, und die Schwestern würden Schlitze hineinschneiden müssen, aus denen nackte Flugarme herausdrängten, um sich auszustrecken, bis sie schließlich Wochen später, ausgewachsen und zu ihrer ganzen Größe entfaltet, sich zu befiedern begannen und innerhalb weniger Tage von Flaum bedeckt waren, der sich im hellen Licht des Tages kräftigte, der Kiele und Schäfte, Häkchen und Fahnen bildete, bis sich die Federn, die Muskeln, die Knochen der neuen Körperteile so weit ausgebildet hatten, dass sie sich unwillkürlich zu bewegen begannen, zögerlich zuerst, ruckartig und unbeholfen, um nach und nach in geschmeidigere, fließendere Bewegungen überzugehen, die nicht das Kind erzeugte, von denen es vielmehr ergriffen wurde, lange flügelschlagende Wellen, die den Körper mit sich rissen in die Luft, wo das Kleine schließlich bereit war, sich aufzuschwingen und davonzufliegen, meistens geschah das zwischen Nacht und Morgen. Das ganze oberste Stockwerk dieses Betonhochhauses stellte sie sich als eine einzige Verwandlungsanstalt von Kindern in Flugwesen vor und nannte sie bei sich »die Engelfabrik«.

»Ickiii.« Sie sah nach oben. Eines der blanken Fensteraugen hatte sich geöffnet, darin stand ihre Mutter und hielt den Kleinen hoch. Er winkte heftig. »Mickey«, rief er noch einmal, und seine helle Stimme überschlug sich, brach. Sein ganzer Körper wackelte auf dem Arm der Mutter, ja, sie selbst geriet ins Schwanken, und so standen sie gemeinsam im Dunkel der Fensterfüllung und wankten; zerbrechliches Paar. Die Mutter gab ihr ein Zeichen, nach oben zu kommen, wo sie sich wenig später vor den Türen der Kinderstation trafen, und Mika erfuhr, dass sie würde warten müssen, bis der behandelnde Arzt abkömmlich sei und die Entlassungspapiere für den Kleinen würde unterschreiben können. Die Mutter meinte, sie habe jedenfalls die Kleider und Spielsachen schon zusammengepackt und rechnete damit, dass es höchstens noch eine halbe Stunde dauern würde.

Sie brachten den Koffer des Kleinen ins Auto und gingen in die Cafeteria des Krankenhauses, wo sie still vor ihren Colaflaschen warteten, dass die Zeit verging. Am Tisch nebenan saß eine Frau mit einem Kopftuch aus giftgrünem Chiffon, dessen Knoten sie im Nacken immer wieder betastete. Ab und zu schlurfte ein Patient in einem blau-rot gestreiften Bademantel herein, setzte sich und rauchte, oder ein Arzt eilte vorbei mit großen Schritten und schlenkerndem Stethoskop am Hals. Die Mutter trank aus, schob Mika ein Comicheft über den Tisch und erhob sich, um wieder auf die Station zu gehen und nach dem Arzt mit den Entlassungspapieren zu suchen. Mika blätterte die bunten Seiten des Comic schnell durch, zog dann ihr Buch aus der Tasche und begann mit der Geschichte von Kapitän Marlow zum dritten Mal.

Die Zeit verstrich. Zur Kaffeestunde füllte sich die Cafeteria, leerte sich wieder, der Nachmittag zerrann, Dämmerung bauschte sich vor den Fenstern, dann in den Ecken des Raums und um das Mädchen, das allein dasaß, in sein Buch versunken, ohne ein Bedürfnis und fernab von dieser Welt. Flackernd entzündeten sich die Lichter, der Geruch nach warmem Essen füllte wieder den Raum, Stimmen erhoben sich, Bestecke und Teller klapperten. Mika las.

Es war fast dunkel, als die Mutter sie abholen kam, den Kleinen auf dem Arm. Mika hob den Blick von fern her. Sah die beiden an und schloss das Buch.

Das Auto raste durch die dunklen Straßen. Der Kleine neben Mika hatte den Kopf an ihren Arm gelehnt und schlief. Sie verließen die Großstadt auf einer der Ausfallstraßen. Peitschenlampen warfen weiße Lichtkegel auf die Straße. Über die Lehne des Fahrersitzes, über die Kopfstütze, über den Hinterkopf der Mutter und den Himmel des Wagens huschten die Schatten. In schnellen, rollenden Bewegungen fuhren die Köpfe von Mika und dem Kleinen aus der Tiefe herauf, huschten über die Rückenlehne des Fahrersitzes, um über und hinter den beiden zu verschwinden und aus dem Fußraum wieder aufzutauchen, über den Sitz, die Kopfstütze in den Himmel des Wagens zu steigen, sich zu verlieren und wieder von den Füßen aufzusteigen und sich über ihnen zu verlieren und wieder aufzusteigen, zu verschwinden, aufzusteigen, zu verschwinden, schneller, schneller, solange die Mutter Gas gab und beschleunigte. Langsamer, zähflüssiger, fast träge, als sie an eine Ampel kamen und auf das grüne Licht warteten. Die Schattenköpfe waren versunken. Mika lauerte mit halb geschlossenen Augen darauf, dass sie wieder auftauchten. Der Kleine schlief. Das rote Licht hielt sie fest, und im Wageninneren entstand eine chaotische Lichtsituation, die helleren und dunkleren Schatten der Kinder, dahin und dorthin, übereinander und ineinander geschoben und als Scherenschnitte gebannt. Mika sah die Schattenköpfe nicht mehr und wollte, als der Wagen beschleunigte und sie weiterfuhren, dass sie nie mehr erscheinen sollten. Eine leere Kreuzung, eine mehrspurige Straße, links und rechts ein Gewerbegebiet in der Nacht, der Lichtwurm einer kaum besetzten S-Bahn; die Köpfe sollten für immer verschwunden bleiben, doch unverdrossen nahmen die Schatten ihre rhythmischen Wanderungen wieder auf. Sie schläferten Mika ein, und da, im Halbschlaf, als der Oberkörper des Kleinen in ihren Schoß sank, der jähe Wunsch, er solle tot sein. Alles solle vorüber sein. Die Krankheit würde nicht enden. Mika wusste auf einmal, dass sie nicht heilbar war und wünschte es auch nicht mehr. Der Kleine sollte verschwinden, mitsamt den Schwierigkeiten, die er mit seiner Krankheit verursachte und die ihr Leben schon seit mehr als einem Jahr bestimmten. Alles, alles würde gut werden. Der Kleine tot sein und alles wie vorher.

10

Die Stille weckte sie. Das Fehlen des Motorbrummens. Der Wagen stand vor dem hell erleuchteten Haus. Die Mutter und der Kleine waren nicht da. Mikas Sohlen schmerzten in den geschlossenen Schuhen. Sie sah zur Tür und hoffte, ihr Vater träte heraus. Er würde die Autotür öffnen und seine Tochter in seinen festen Armen ins Haus tragen, wo er sie ins Bett legen und zudecken würde, wie er es oft getan hatte, als Mika und die Brüder noch klein waren. Manchmal war er viermal hin- und hergegangen, bis er jedes seiner Kinder ins Bett getragen hatte. Dann war der Kleine zur Welt gekommen, es gab ein Durcheinander, denn das Haus, das in dieser Zeit umgebaut wurde, war noch nicht fertig. Sie wohnten auf einer Baustelle, und der Kleine war mal da, mal weg, hatte immer andere Schwierigkeiten, seine Krankheit wurde diagnostiziert und der Umbau nie beendet.

Noch lange hatten alle versucht, das normale Leben aufrechtzuerhalten, doch dann kam die Ölkrise, es wurde nicht mehr gebaut, der Vater verlor Aufträge für Brunnen und Kunstwerke an neu gebauten öffentlichen Gebäuden und meinte achselzuckend, nun könne er sich endlich wieder seinen eigenen Arbeiten zuwenden und er habe die

Lohnkünstlerei sowieso satt, doch kauften nur wenige Menschen seine großformatigen Skulpturen, und so begann er damit, für den Friedhof zu arbeiten. Er schaffte sich für die Grabsteinarbeiten einen Presslufthammer an, Diamantritzer und Graviereisen für die Inschriften, trieb einen Steinwender und eine Sackkarre mit Kippvorrichtung auf, ließ im Atelier den Laufkran montieren und versuchte, da wieder Fuß zu fassen, wo er einmal angefangen hatte; zurück zu den Ursprüngen, lachte er unbekümmert und konnte seine Familie kaum damit ernähren, denn das ortsansässige Handwerk hatte nicht auf einen wie ihn gewartet. Und bald sagten die Leute, die sich für kunstverständig hielten, hinter vorgehaltener Hand: »Dem fällt nichts mehr ein, der macht auch sonst nur noch Friedhofskunst«, dann schrieben die Zeitungen, er ruiniere sich mit den Grabmalen seine Handschrift, seinen ganz eigenen Stil. Und voller Anteilnahme wurde die Mutter an einem Marktstand gefragt, wie es so gehe, und Minuten später waren am nächsten Stand ihre zögerlichen Auskünfte um ein Vielfaches angereichert zu hören, um sich von da aus in die Geschäfte und weiter unter die Dächer, an die Mittagstische der ereignisarmen Kleinstadt zu verbreiten, bis sie Mika auf dem Pausenhof aus den Mündern aufrechter Mitschüler zu Ohren kamen.

»Man sagt, dein Bruder liegt im Sterben und dein Vater säuft sich die Gurgel ab, weil er keine Aufträge mehr hat.«

»Du, das tut mir ja so leid für dich.«

»Sag's einfach, wenn du dich einmal aussprechen möchtest.«

»Du kannst mich immer anrufen.«

Blabla. Mika schüttelte den Kopf, wischte mit den Handflächen über ihre kurzen Haare, dann in kreisförmigen Bewegungen über das Gesicht, als wolle sie die bösen Gedanken abwaschen, stieg aus dem Auto und vorsichtig die Treppe hinauf. In ihrem Zimmer zog sie Schuhe und Strümpfe aus und legte sich in den Kleidern ins Bett. Wenig später kam die Mutter zu ihr.

»Was soll ich von dir denken? Hast du dir einmal vorgestellt, wie du eigentlich auf andere wirkst?«

Ihre Stimme holte Mika aus dem Schlaf. Sie hob verwundert den Kopf.

»Du denkst nur an dich. Nur an dich und dein Wohlergehen. Fragt eigentlich mal jemand, was mit mir ist?«

Mika zog das Kissen unter ihrem Kopf hervor und presste es sich aufs Ohr. Die Mutter riss es ihr weg und rüttelte sie an der Schulter.

»Hättest du nicht wenigstens das Auto ausräumen und die Lichter löschen können? Alles, wirklich alles, bleibt an mir hängen.«

Mika setzte sich auf und drückte das Kissen an die Brust. Sie schwieg, damit die Mutter keinen Grund hatte weiterzureden. Saß einfach da und wartete. So würde es am schnellsten vorübergehen. Doch die Mutter hörte nicht auf. Sie sah Mika mit hilflosem Blick an und begann davon zu reden, was sie alles tun und leisten musste, was alles an ihr hing und was passieren würde, wenn sie ihr nicht mehr half. Leise summte Mika vor sich hin. Das half. Ein Totenlied. Stieflein muss sterben, ist noch so jung, so jung. Stieflein muss sterben, ist noch so jung.

»Was bin ich für euch?«

Mika summte.

»Ein Schuhabstreifer, ein Dienstmädchen, ein Einrichtungsgegenstand«, gab die Mutter sich selbst die Antwort.

Mika sang.

»Wenn das der Absatz wüsst, dass Stieflein sterben müsst, möcht er sich kränken bis in den Tod.«

»Es reicht mir. Ich hab genug. Einfach genug. Ich werde weggehen. Dann könnt ihr alle sehen, wo ihr bleibt.«

Weinte sie? Ja, sie weinte. Nun würde es doch länger dauern. Mika zog die Bettdecke ein wenig nach oben und streckte die Füße heraus, um ihre schmerzenden Sohlen zu kühlen. Die Mutter sollte gehen, damit sie sich die Füße einsalben könnte. Füßlein muss sterben, ist noch so jung, so jung. Mika hasste es, dass sie sich nicht so schnell bewegen konnte, wie sie wollte, dass sie nicht mehr auf den Baum klettern, durch die Wiesen streifen, das Fahrrad treten konnte in wilder Hast. Sie wartete. Die Mutter weinte, wischte sich mit dem Handrücken die Augen, fasste sich, und als hätte sie Mikas Gedanken gelesen, erhob sie sich und ging zur Tür hinaus.

Mika lag im Bett und schwamm. Den Fluss hinauf in langen Zügen, das Wasser war weich und umschloss sie wie ein dünnes Laken. Wellen, Strömungen und kleine Strudel tasteten mit kühlen Fingern über ihre Haut. Sie sah zur Decke. Zittrig feine Wasserlinien schwebten über ihr. Alles wird gut. Dachte sie. Das Wasser trägt, es kann mir nichts passieren. Alles wird gut. Sie schwamm. Sonne lag glitzernd auf der Oberfläche, die sie zügig durchquerte, sie schwamm und schwamm, den Fluss hinab, dessen Ende sie nicht absehen, in dem sie nicht ankommen konnte. In kleinen flügelschlagenden Bewegungen klappte sie ihre Füße auf und ab. Zerrende Schmerzen in den Sohlen. Ein Ziehen, als sei die lederne Haut über Nacht geschrumpft. Sie hielt still und bewegte sich nicht mehr. Die Füße nicht, die Arme nicht. Ein Unvermögen, mit den Gedanken vom Gehirn in die Fingerspitzen zu gelangen, um die Hand zu heben, sich auf die Seite zu schwingen, den Fingernagel an die Wand zu stellen und kleine Löchlein in die Tapete zu kratzen. Mikas Körper gehörte ihr nicht mehr, sie war sich selbst ein fremder Gegenstand geworden. Sie lag still und versuchte, nicht zu denken. Eine Rüstung umschloss sie, kapselte sie ein. Die Rüstung war keine Eisenhaut, sie war eine dicke, bewegliche Schicht aus Schaumstoff und Gummi, mit einer Plastikhaut überzogen. Sie war eine Astronautin im All. Schwebend hatte sie sich von der Raumkapsel entfernt und trieb nun in die kalte Schwärze des Universums, während unter ihr der hellblau geäderte Erdball leuchtete. Der Raumanzug hielt sie fest umschlossen. Die Füße wie ein toter Vogel nach unten gekrallt, lag sie und versuchte, nicht zu denken. Eine bleierne Pfütze Angst breitete sich in ihr aus. Es war die Angst, verloren zu gehen, und sie kannte sie schon lange. Die Fußspitzen gestreckt und die Zehen zusammengezogen. Fester. Als die Krämpfe über die Waden aufzusteigen begannen, die Kniekehlen und die Schenkel erreichten, löste sich etwas in ihr. Immerhin hatte die Steifheit jetzt einen Grund.

Sie fixierte die Wasserlinien an der Decke, konzentrische Kreise, die sich ausbreiteten, einander jagten, verflossen und in den Zimmerecken ausschwappten. Es begann in den steif gestreckten Beinen. Ein Zittern zuerst, das in heftiger werdenden Ausschlägen zum Zappeln wurde, den Rumpf ergriff, bis der ganze Mädchenkörper zuckte, bis sie krampfte, dann still lag und erschöpft einschlief.

Gegen Mittag schob sie humpelnd ihr Fahrrad über die Kuppe, saß auf und ließ es hinunterrollen in die Stadt. Im Stadtgraben rollte es aus. Sie trat die Pedale vorsichtig mit den Zehen, bis sie an den Fluss kam. Dort legte sie sich auf den Bauch und sah in ihr Buch. Dann wälzte sie sich auf den Rücken. Dann wieder auf den Bauch. Dann setzte sie sich auf, robbte ans Ufer und hielt die Füße ins Wasser. Dann schwamm sie vorsichtig durch den Fluss und wieder zurück. Dann legte sie sich auf den Bauch und sah in ihr Buch. Wasser tropfte aus ihren Haaren zwischen die Seiten. Daneben lag die Karte von Nick, die sie als Lesezeichen verwendete. Mika las sie noch einmal und noch einmal. Sie studierte den verwischten Datumsstempel und betrachtete jeden einzelnen Buchstaben der wenigen Wörter ganz genau, als müssten sie so ein Geheimnis preisgeben. Nick hatte mit rotem Kugelschreiber geschrieben, der am Anfang keine Tinte abgegeben hatte, sodass er das große M ihres Namens mehrmals hatte schreiben müssen. Sie rollte auf den Rücken und blinzelte in die Sonne. Brüllender Angriff zweier Kampfflieger. Aufsitzen müssen, warten, bis das Donnern verebbt war. Mika drückte die Karte an ihre Brust. Zwei Wochen waren vergangen, seit die Brüder fortgefahren waren. Eine Woche, seit Ellen mit ihrem Vater nach Italien abgereist war. Erst. Mika hatte das Gefühl, seit Jahren allein zu sein.

Kindergeschrei. Etwas weiter oben am Fluss rannten nackte Kinder mit Eimern und Schaufeln zum Wasser und wieder aufs Land und wieder ins Wasser. Dann ließen sie das Plastikzeug fallen und verfolgten einander schreiend das Ufer entlang. Der Kleinste unter ihnen fiel hin und begann zu heulen. Als ihn keiner der anderen beachtete, sah er sich um, riss sein Hütchen vom Kopf, warf es in die Luft und fiel nach hinten um.

»Ich bin tot, ich bin tot«, schrie er laut und wartete mit zusammengezwickten Augen darauf, dass die anderen auf ihn aufmerksam würden. Doch die sprengten weiter oben ins flache Wasser, wo sie rauften und ihn nicht beachteten. Der Kleine sah zu Mika herüber, die schnell nach ihrem Buch griff und so tat, als läse sie. Da setzte er sich auf, sammelte seine Sachen zusammen, drückte sich den Hut auf die verschwitzten Haare und trottete zu den anderen.

Aus dem gleißenden Vormittagshimmel stachen Kampfflugzeuge auf die Stadt zu, drehten ab und erschienen kurz darauf von Neuem. Mika hielt sich die Hände über die Ohren. Die Karte fiel ins Gras, wo sie ein Windhauch aufstellte und sie überschlagend wegtrieb, den Kindern zu. Mika wälzte und streckte sich. Sie erwischte die Karte an einer Ecke und steckte sie in ihre Hirtentasche. Sie ließ sich nach hinten fallen und sah in den Himmel, den der Lärm der Tiefflieger zerstach. Auf einmal fühlte sie sich ganz nackt und zog sich den Pulli über und die Jeans an. Vorsichtig steckte sie ihre Füße in die Turnschuhe, sammelte ihr Zeug zusammen und schob das Fahrrad zurück auf den asphaltierten Uferweg.

Langsam trottete sie durch die engen Kleinstadtstraßen, die in der Sonne brüteten. Kein Mensch zu sehen. Die

Häuser, die Bäume, der Autoverkehr, die Vögel – alles hielt still. Mika ging langsam und atmete flach. Im Schatten der Häuser setzte sie sich vor das Schaufenster einer chemischen Reinigung. Hier standen während der Schulwochen die Jungen der Oberstufe neben ihren Motorrädern und drehten sich Zigaretten; mit flinken Fingern schoben sie die Tabakkrümel auf dem Papier herum, rollten sie zu einer gleichmäßig schlanken Kippe, strichen die Kante des Papierchens mit den Daumen von der Mitte aus glatt, wickelten die Zigarette mit einer raschen Drehung zusammen und ließen die Zungenspitze über die gummierte Kante huschen, bevor sie sie festdrückten und die heraushängenden Tabakfäden an den Enden abkniffen. Die Geübten unter ihnen drehten mit einer Hand, während sie die andere in der Hosentasche, auf dem Sitz der Maschine oder gar auf der Schulter eines Mädchens ruhen ließen, scheinbar unbeachtet von denjenigen, die noch allein waren und sich weiter unterhielten, dabei in eine andere Richtung sahen, unbeteiligt, ungerührt.

Heute war keiner da. Alle waren in den Ferien, der größte Teil der Geschäfte geschlossen, ab und zu fuhr ein Auto mit fremdem Kennzeichen suchend vorüber. Mika sah Nick. Die Hände in den Taschen seiner Lederjacke, wie er schnell den Kopf wandte, als ihn jemand ansprach, seine Haarschippel flogen, er sagte etwas, das sie nicht verstand, lachte dann und wandte den Kopf zur Seite, und im Gegenlicht leuchteten die Flaumhärchen auf seinen Wangen. Er schüttelte den Kopf, zog die Schultern hoch, wippte in seinen Boots und kickte gegen den Randstein. Er schaute sie an, lachte wieder, kam näher, warf ihr den Arm um den Hals und zog sie mit sich. Und als die anderen hinter ihnen feixten und johlten, schob er seine Nase in ihr Haar, und als das Geschrei anschwoll, hob er nur die Hand und ließ sie wieder fallen. Gruß und Abschied und Zeichen, wie gleichgültig ihm alles war. Auf dem Rücksitz seines Mofas, die Arme um seine Hüften geschlungen, fuhr sie mit ihm den Berg hinauf, langsamer und langsamer werdend, bis das Mofa nicht mehr weiterkam und stehen blieb und Mika absprang und neben dem Bruder herlief und auf dem Scheitel der Kuppe wieder aufsprang, sich an ihn klammerte und schnell hinab und um die Ecke in den Vorgarten mit ihm knatterte, und es bereits vorüber war. Wie jeden Tag nach Schulschluss waren sie ins Haus gestürmt an den Tisch, der leer war, nichts zu essen, keiner da.

Das war der Tag gewesen, an dem sie es erfahren hatten. Die Mutter hatte ihnen am Abend, als sie nach Hause gekommen war, gesagt, dass sie mit dem Kleinen beim Arzt gewesen sei. Er habe seinen dicken Bauch abgetastet, Blut abgenommen, den Kopf geschüttelt und leise mit sich selbst gesprochen. Dann habe er ihr Cognac angeboten. Keiner wisse, wie es weitergehe.

Die Sonne stand still, und die Luft wolkte in Schlieren über dem weichen Teer der Straße, als Mika jetzt nach Hause ging. In der kühlen, dunklen Diele empfing sie die Stimme der Mutter. Sie saß vornübergebeugt da und sprach ruhig und ohne eine Spur von Anspannung mit langen Pausen, in denen sie horchte, den Blick auf ihre Zehen gesenkt. Nur die rasche Bewegung, mit der sie die spiralige Schnur des Telefons um ihren Zeigefinger wickelte und wieder löste, verriet, dass es um etwas Wichtiges ging.

Mika tippte sie an der Schulter an und bedeutete mit Gesten, dass sie nach oben in ihr Zimmer gehe. Die Mutter nickte mit geistesabwesendem Blick und sagte mehrmals »Ja. Ja« und »genau, das ist es, was ich meine« in die Muschel. »Das ist jetzt drei Jahre her. Ja.« Sie lauschte wieder. »Ich weiß nicht mehr, in welchem Monat. Ich weiß nicht einmal mehr, ob ich es damals überhaupt schon wusste.« Wieder hielt sie inne und lauschte.

Mika setzte sich außer Sichtweite der Mutter auf die oberste Treppenstufe und hörte zu.

»Ja, ich glaube, dass ich damals schon schwanger war. Dieser Geschmack nach Metall im Mund, diese Bitternis im Hals. Ich kannte es von den Schwangerschaften mit den drei ältesten. – Nein, nicht bei Mika. Da habe ich es nicht gehabt.« Pause. »Nein, der Arzt hat die Schwangerschaft erst danach festgestellt. Mhh. Ja. Ganz genau.« Sie horchte. »Der Hals war geschwollen, so ein unangenehmes Druckgefühl im Kehlkopf. Es war ein Kropf. Schilddrüsenunterfunktion. Mit der Untersuchung fanden sie den heißen Knoten, und nachdem der Kleine auf die Welt gekommen war, haben sie ihn ja dann auch operiert.« Stille. »Nein, mir geht es gut. Ich habe keine Beschwerden.« – »Eine Flüssigkeit wie Wasser.« – »Ja, irgendeine radioaktive Substanz, die sich in der Schilddrüse anreicherte. So eine Art Kontrastmittel. Das war so üblich, glaube ich, jedenfalls hatte ich nicht den Eindruck, es sei etwas Besonderes. Gespenstisch war nur der Fahrer, der den Behälter ins Krankenhaus brachte. Von Kopf bis Fuß in einen weißen Anzug gehüllt.« – »Mhm. Ein Koffer mit dem gelb-schwarzen Kreissymbol für Radioaktivität drauf.« – »Warte, es liegt mir auf der Zunge, ja: Radiojodtest;

so hieß das, und eine andere Patientin, die das Wasser schon einmal getrunken hatte, sagte mir, ihr Verlobter, ein Physiker, habe danach mit einem Geigerzähler festgestellt, dass sie stark strahlte. Wie?« – »Weiß, der Koffer war ebenfalls schneeweiß. Aber warum willst du das wissen?« – »Grundremmingen. Der junge Mann kam vom Atomkraftwerk, hat das Wasser von dort gebracht.« – »Ein Zahnglas voll. Nicht viel.« – »Meinst du? An wen soll ich mich denn wenden? Was soll ich tun? Was soll ich nur tun?«

Noch immer war die Stimme der Mutter ruhig, unaufgeregt, so, als berichte sie von einer Routineuntersuchung, die zwar lästig, doch harmlos und wie immer ohne spezifische Ergebnisse geblieben war. Dann resigniert: »Das macht den Kleinen auch nicht wieder gesund.«

Mika zog sich die Schuhe aus und schlich barfuß über den Holzboden des Flurs in das Zimmer ihrer Mutter, wo sie den Kleiderschrank aufschloss, der sich knarrend öffnete und den Blick freigab auf bunt gestreifte Kleider, zartstoffige Blusen, schwere Mäntel, dicht gedrängt auf Bügeln aufgereiht, Pullover, Strickjacken, Schultertücher in dicken Wülsten darüber. Mika ließ die Finger über die Kleider huschen, schob die Bügel hin und her, atmete den dumpfen Geruch getragener Sachen aus Schweiß, Rauch, Parfum und glücklichen Stunden ein, in denen sie die Mutter hatte lachen sehen, tanzend die Arme in die Luft werfen, schreiend vor Glück und jubelnder Lebenslust.

Tot, tot, tot sollte er sein, damit alles wieder werden könnte wie vorher. Sie hielt inne und nahm einen der Bügel von der Stange. Ein bodenlanges Cape hing daran, aus schwarzer Wolle gewirkt und mit einer Kapuze, deren

Zipfel über Mikas Steiß endete, als sie sich nun darin vor dem Spiegel drehte. Als kleines Mädchen hatte sie sich darin auf einen Stuhl gestellt und das Gewand um sich geschlagen, so groß würde sie einmal sein. Die Kapuze war ihr tief über die Augen gerutscht, und sie hatte einen darunter hervorschielenden, einen verruchten Blick probiert, indem sie den Kopf in den Nacken gelegt, durch die fast geschlossenen Wimpernkränze gesehen hatte und, zwischen leicht geöffneten Lippen, die Schneidezähne millimeterbreit hatte sehen lassen. Heute rutschte ihr die Kapuze nicht mehr ins Gesicht. Der Saum des Capes reichte bis zu den Fesseln, das Gewand hüllte sie ein, aber es verhüllte sie nicht. Sie war hineingewachsen. Sie ließ den Umhang ein wenig von der Schulter rutschen, drehte sich und sah über die blanke Achsel zurück in den Spiegel.

Wieder versuchte sie den verruchten Blick aus halb geschlossenen Lidern, doch fand sie sich nur lächerlich. Zornig riss sie die Bänder des Umhangs auf, die sie unter dem Kinn zur Schleife gebunden hatte, und hob mit einer resignierten Geste den Bügel vom Fußboden des Zimmers auf. Sekunden später saß sie am Frisiertisch ihrer Mutter, das Gesicht in den Händen, haltlos schluchzend, als seien ihr mit dem Umhang die Zukunft und alle Hoffnung von den Schultern gefallen. Weinte in ihre Hände Wasser und Rotz, wischte nicht ab, saß starr und heulte und heulte. Und hörte nicht die Stille im Zimmer, sah nicht die Mutter in der Tür stehen mit hängenden Händen. Heulte, bis sie worksen musste und ins Bad rennen und kotzen. Legte die heiße Stirn in die kühle Hand, die die Mutter ihr jetzt hinhielt, mit der sie sie stützte. Ein feuchtes Tuch, das ihr Gesicht abwischte, zwei Arme, die sie hielten, und noch einmal schluchzte sie und bebte. Sie wurde hingelegt, sie wurde zugedeckt, sie lag im Bett und sah hinaus ins weite Land, das strotzend sich ausbreitete in seiner Sommerpracht, und es kam ihr vor, als wäre dies einer jener Tage, die vom ersten morgendlichen Sonnenstrahl an, selbstherrlich und ohne den Anflug eines Zweifels, bar jeden Bewusstseins für die eigene Vergänglichkeit, sich der Welt aufdrängten, etwas behauptend, von dem jeder wusste, dass es nach vielen Stunden zwar unwiederbringlich vorübergehen, dass es enden würde, und sich dennoch wider besseren Wissens vom Stolz des Ewigkeit verheißenden, gleißend blauen Sommertags mitreißen und verführen ließ und am Ende überzeugt war, selbst unsterblich zu sein. Dies war ein solcher Tag. Hell und hart und strahlend selbstgewiss.

Mika warf sich auf die andere Seite und suchte im weißen Himmel der Tapete ein Sternbild. Den Orion hätte sie gern gefunden, den Dolch an seinem Gürtel. Obgleich ein leiser Wind durchs Fenster hereintrat und die Gardinen blähte, als wolle er ihnen Luft unter die Flügel geben, war ihr heiß, und sie murrte, als die Mutter eine weitere Decke über sie legte.

Später schlief sie und in der Morgendämmerung eines weiteren unerschütterlichen Sommertags fand sie das schwarze Cape, das die Mutter ihr überlassen hatte, zog es zu sich heran und über den Kopf. Das tintige Licht umhüllte sie wie ein Zelt.

Im späten Nachmittagslicht eines Hochsommertags stand sie an einem offenen Grab. Die Sonne brannte auf sie herab, das dunkle Cape lastete auf ihren Schultern. Das Grab war ungewöhnlich klein, doch größer als ein Urnengrab. Eine

Grube, gerade groß genug für einen Kindersarg. Jetzt wurde er hinabgelassen und war noch geöffnet. Auf weißem Satin lag nicht das kahle Schädelchen des Kleinen, sondern ihr eigener Kopf, und sie war noch ein kleines Kind mit der Haarkappe und den Sichelbögen der geschlossenen Augen. Der rot angemalte Mund, die wächserne Haut. Sie atmete tief und empfand großes Mitleid mit sich. Aus dem Zwielicht des dunklen Tuchs sank der Duft der Haut ihrer Mutter, gefolgt von einem abgestandenen Hauch Diorella und der frischen Süße des neuen Tags.

11

Der Trompetenärmel ihres königsblauen Morgenmantels streifte über das Honigbrot und wischte es vom Teller. Die Mutter hatte es nicht bemerkt. Ohne von der Zeitung aufzusehen, griff sie nach der Kaffeetasse, trank, stellte sie zurück. Der Kleine stocherte in einer bräunlichen Masse aus Kakao und aufgelöstem Kuchen. Er löffelte sich den Matsch in den Mund.

»Mika, Mika, Mika. Schau, ich mach Stampf.«

Mika lächelte und wischte sich über die kurzen Haare. »Fischvergifter verhaftet«, las sie über die Schulter der Mutter hinweg. Ein Landstreicher, der sich seit geraumer Zeit in der Gegend herumtrieb, war als Verdächtiger festgenommen worden. Er hatte sich nachts in der Nähe der Weiher aufgehalten, hatte dort wohl auch geschlafen und war von Anwohnern bei verdächtigen Handlungen beobachtet worden. Welcher Art diese Handlungen waren, wurde mit Hinweis auf die laufenden Ermittlungen nicht erläutert.

Kakao tropfte vom Löffel des Kleinen und versickerte in seinem Schlafanzug.

Mika überflog den Artikel. Der Mann war wohl Anfang vierzig und wurde als verwahrlost und aggressiv beschrieben. Kontakte zu Fahrenden, die in den Flussauen ihre Wagenstadt aufgebaut hatten, konnten nicht nachgewiesen werden. Auch eine Verbindung zu linksradikalen Kreisen um die Anarchisten aus der Baader-Meinhof-Gruppe wurde nicht ausgeschlossen, und so hatte sich das Landesinnenministerium eingeschaltet. Ein hellblauer Opel war in Tatortnähe gesehen worden.

Mika setzte sich und schmierte sich ein Brot. Sie hielt es für unmöglich, dass der Struppige der Fischmörder war. Woher sie ihr Wissen und ihre Sicherheit nahm, konnte sie nicht sagen. Sie wusste es einfach. Damit wäre sie in einer Diskussion mit Sten und Hardy nicht weit gekommen. Ahnungswissen, Vermutungswissen, wie sie das nannten, zählte in ihren Augen nicht. Alles musste belegbar sein, logisch ableitbar, mit nachvollziehbaren Argumenten dargelegt. War es das nicht, handelte es sich um Mutmaßungen, allenfalls um Gefühlstatsachen, und die mochten in der Realität eine Berechtigung haben, in der Diskussion blieben sie irrelevant und waren dem Bereich des Okkulten zugeordnet. Parapsychologie, sagten sie und lachten. Frauensache eben.

Da, unter der Zeitung, lag eine Ansichtskarte. Die Landschaft wie klar lackiert, so gelb die Häuser, so grün die Palmwedel und blau der Himmel, blauer noch als das Meer. Sie sei braun, sie habe Sonne jeden Tag, schrieb Ellen, und auch sonst, was das Herz begehre, du verstehst, schickes Fleisch, und alles sei passiert und Mika nur ein kleineskleines Kind, das sie umarme. Das Messer in die Butter gesteckt, den Griff so fest in der Hand, dass die Knöchel weiß wurden, und die Klinge zitterte vor Widerwillen gegen das erwachsene Bedauern der Freundin, die den Schritt gegangen war und

Mika hinter sich zurückgelassen hatte. Allein, mit heißer Wut im Bauch.

So saß sie ganz mit sich beschäftigt, als der Kleine vom Stuhl kletterte, um hinauszurennen, jedoch auf halbem Weg stehen blieb und sein Frühstück, Kuchen und Kakao, aus dem Mund fallen ließ. Das Blut stieg ihm ins Gesicht, seine Stirn furchte sich, und er erbrach sich in Schwällen. Sein kleiner Körper zuckte, Schweißtropfen rannen von seinem kahlen Schädel über die Stirn, er krampfte heftiger und krümmte sich, die Mutter, die aufgesprungen war, hielt ihn in den Armen, und Mika starrte auf die Karte, dann auf das kranke Kind und saß gelähmt, bis die Mutter sie bat, einen Lappen und einen Eimer Wasser zu holen.

Als die Kolik vorüber war, lag der Kleine im Bett und schlief. Mika musste bei ihm sitzen. Über sein wächsernes Gesicht huschten Traumschatten, und er verzog die Mundwinkel dann und wann. Engelslächeln. Seine Hände waren weniger gefaltet als vielmehr verschränkt mit ineinander verhakten Fingern, ein verzweifeltes Händeringen, zur Pose erstarrt, die Fingerspitzen mit Brei verklebt, ein wimpernfeiner Schnitt in der Mitte des längsten Fingers rechts. Wächsern wie das eines Weihnachtsputtos, sein Gesicht, die Halbmonde der dunkel verschatteten Augen, der Rosenknospenmund. Mika beobachtete ihn scharf, und um ihn genauer sehen zu können, setzte sie sich auf den Bettrand. Und um ihm den Schlaf zu erleichtern, hob sie seinen Kopf an und schob ein Kissen darunter. Er fuchtelte ein wenig mit den Armen und lag wieder still. Jetzt begann er leise zu schnurcheln, atmete heftiger, seufzte und schnarchte laut. Er musste flacher liegen. Behutsam zog sie das Kissen wieder unter seinem Kopf hervor, umarmte es mit beiden Armen und drückte es vor ihren Bauch.

Der Kleine lag still, mit geschlossenem Mund, und unter den papierdünnen Lidern zuckten die Augäpfel, das war das einzige Lebenszeichen. Die gräuliche Haut war geädert von haarfeinen Linien, die violett schimmerten und Mika an die Oberfläche eines Herzens erinnerten, das der Vater einmal aus der Metzgerei mitgebracht und zubereitet hatte. Das Herz des Kleinen schlug unter dem Gerippe seiner Brust im Dunkeln vor sich hin. Es klopfte in der Schlagader an seinem Hals und trieb das Blut bis in die dunklen Venen an den Schläfenknochen. Es pumpte das Blut in alle Winkel, selbst in diese haarfeinen Adern auf den Lidern, selbst in die Netzhaut hinter seinen schlafenden Augen, deren Äpfel immer hin und her und hin und her rollten, ohne doch das Geringste sehen zu können, und der Atem pfiff jetzt durch die Nasenlöcher ein und aus, getrieben von der Maschine seiner Lungenflügel, durch die das Blut pumpte, hell und ohne Unterlass, die die Brust hoben, senkten, wieder hoben, wieder und wieder. Dies nicht mehr sehen müssen. Das atmende Brustgehäuse, das pulsende Geäder, die zuckenden Augen. Sie sah zur Seite. Sie trat ans Fenster. Sie wusste, dass sich hinter ihr, nur wenige Schritte entfernt, nichts änderte. Der Kleine lag da, reglos, atmete und schlief. Wie konnte er so ruhig schlafen? Wie konnte er so für sich sein? So unschuldig hingegeben, ahnungslos? Sie trat zu ihm und sah auf ihn hinab. Er atmete, er schlief. Da nahm sie das Kissen und legte es auf sein Gesicht. Es bedeckte seinen ganzen Kopf und seine halbe Brust. Erleichtert sah sie auf. Jetzt war er weg. Sie musste seinen ahnungslosen Kinderschlaf nicht mehr ertragen. Sie setzte sich wieder auf die Kante des Bettes. Sie stützte die Ellbogen auf ihre Knie und blickte zwischen ihren Beinen auf den Linoleumboden hinab. Wieder das Geäder. Ungeordnetes Geschlinge dunkler Fäden im Hellen. Sie hob den Blick. Sie beobachtete den Kleinen. Er rührte sich nicht. Sie beobachtete das Kissen. Es lag bewegungslos. Sie starrte. Es hob sich. Ihre Augen brannten. Es senkte sich. Nur um Haaresbreite, doch es bewegte sich. Es pulste im Atemrhythmus des Kleinen. Auf und ab und auf und ab. Kaum sichtbar. Sie legte die Hand auf das Kissen und hielt es still. Keine Bewegung, kein Laut. Der Kleine lag reglos, ihre Hand ruhte starr, sie selbst war zu einem Standbild geronnen. Nur die Zeit verging. Da begann es wieder. Es hob und senkte sich. Und Mika verlagerte etwas von ihrem Gewicht in ihre Hand und auf das Kissen. Sie hielt es unten und drückte stärker. Es bewegte sich nicht mehr. Mit beiden Händen hielt sie es fest, verlagerte ihr Gewicht in die Hände und legte den Oberkörper auf das Kissen. Ihr ganzes Gewicht, all ihre Kraft auf dem Gesicht des Kleinen.

Stille. Bewegungslosigkeit. Dann zuckte etwas. Es war die Hand des Kleinen, die unter der Decke hervorgefallen war. Der Bruder zappelte. Er hob die Arme, fuchtelte. Er griff mit den Händen in die Luft. Sie zitterten, sanken auf die Matratze, und etwas zuckte weiter unten. Es war sein Fuß. Mika hielt mit einer Hand das Kissen, mit der anderen den Fuß.

»So halt doch still. Du sollst dich einfach nicht bewegen. Halt still. Ich tu dir nichts.« Und hielt ihn fest. Und sah zur Tür. Da stand ihre Mutter und beobachtete sie. Augenblicklich sprang sie auf, riss das Kissen weg, der Kleine öffnete die Augen und lächelte sie an. Mika schloss ihn in die Arme. Die

Mutter trat an das Bett, die Hand erhoben und klatschte sie Mika mit Wucht ins Gesicht. Als sie den Arm hob, um sie ein zweites Mal zu schlagen, duckte Mika sich und witschte darunter weg, rannte die Treppen hinab, durch die Küche in den Garten, unter der Hecke hindurch, den Baum hinauf ins Baumhaus, Klappe zu und saß still und spürte sich nicht mehr. Nur eine große Taubheit überall. Als hätte sie sich selbst die Luft abgedrückt.

Die Mutter rief sie, schrie, bis sich ihre Stimme überschlug, und warf die Tür zum Hinterhof mit einem Krachen zu.

Mika wartete eine Weile und ging, als sie das Martinshorn des Krankenwagens hörte, ins Haus zurück. Die Mutter rannte treppauf, treppab, riss Kleider, Windeln, Gummihosen aus den Schränken, kramte Spielzeug aus den Regalen, warf alles in eine karierte Tasche und versuchte, den Reißverschluss zuzuziehen. Der Kleine lag im Bett und sah aus, als schliefe er, das Gesicht war noch blasser als sonst. Als die Sirene verstummte und nur noch das Blau des drehenden Lichts über die Wände des Zimmers huschte, hob sie das bleiche Kind aus dem Bett und trug es in ihren Armen breitbeinig die Treppe hinab. Mika brachte mit hängendem Kopf die Tasche. Der Sanitäter nahm der Mutter den Kleinen ab und musterte sie erstaunt. Die Mutter sah an sich hinab.

»Warten Sie. Je. Was jetzt? Ich, ich – gleich.« Sie hob die Hand, als wolle sie den bärtigen Mann beschwichtigen, dann legte sie sie an ihre Stirn und eilte ins Haus, um den Morgenrock abzulegen und sich anzuziehen.

Wenig später kletterte sie zu dem Kleinen in den gläsernen Teil des Krankenwagens. Mika sah ihr nach. Sie saß bereits auf dem Klappsitz neben der Krankenliege, als ihr Blick Mika von fern her erreichte und sie streifte, als kennten sie sich nicht, als käme er aus einer anderen Welt herüber zu ihr und träfe das Mädchen, das ihre Tochter war, zum ersten Mal.

Da wusste Mika plötzlich, dass dies alles für eine einzelne Mutter zu viel war, dass die Mutter das ohne ihre Hilfe nicht würde schaffen können, und sie beschloss, diese Hilfe zu leisten, indem sie aufhörte, ihre Tochter zu sein. So kündigte sie der Mutter die Kindschaft auf.

Die bläulichen Abgase des Krankenwagens verflüchtigten sich in der Hitze des Sommermorgens, das Motorengeräusch verklang in der Ferne, und bis auf ein lahmes Vogelzirpen war es still um das Mädchen, das allein im Licht stand. Der lastende Griff der Sonne umklammerte ihren Kopf.

Später riss sie Klamottenstapel aus dem geöffneten Kleiderschrank und hielt prüfend ein Stück ums andere gegen das Licht. Fast alles zu klein. Sie warf die Sachen in eine Ecke des Zimmers, stopfte ein paar wenige in den Wanderrucksack ihres Vaters, rannte ins Bad, kramte ihr Waschzeug zusammen, das Buch, den Kapitän, durfte sie nicht vergessen, rannte also in ihr Zimmer, wo sie es unter und hinter dem Bett suchte, in den Garten eilte, wühlte im Baumhaus herum, fand es und ging zurück in die Küche, griff sich eine Tüte Zwieback und drei Dosen Kondensmilch, packte alles in den Rucksack, brach auf dem Weg durch den Garten ein paar Rhabarberstängel ab, klemmte alles aufs Fahrrad, sprang auf und fuhr los. Noch bevor sie das Gartentor erreicht hatte, griff ihr eine Männerhand in den Lenker.

»Wohin des Wegs? Du willst nicht etwa weg, jetzt, wo ich zurück bin?«

Sie sprang vom Rad und fiel dem Vater um den Hals. Mit Armen und Beinen an ihn geklammert, küsste sie sein staubiges Haar, die struppigen Augenbrauen, den festen Mund.

Abwartend stand er da, den Koffer in der einen, den Lenker des Fahrrads in der anderen Hand, wankte nicht und wartete, bis sein einziges Mädchen sich beruhigt hatte. Dann ließ er Koffer und Fahrrad gleichzeitig fallen, löste Mikas Arme aus seinem Nacken und stellte sie mit einer andächtigen Bewegung, als hätte sie eben erst laufen gelernt, vor sich auf den Plattenweg.

»Du hast es aber eilig. Wohin willst du denn so plötzlich?« Mit Blick auf den Rucksack: »Hast was Größeres vor, scheint mir.«

Mika schüttelte stumm den Kopf. Sie konnte es nicht sagen, auch ihm nicht. Er würde sie zurückhalten, und morgen würde sie aufwachen, und ihr Leben wäre weiterhin ein zähes, diffuses Einerlei, eine Quecksilberpfütze, undurchsichtig und grau. Dem Kleinen würde es schlechter und schlechter gehen, der Mutter ebenso, der Vater würde wieder wegfahren, die Brüder würden sich nicht sehen lassen, und kämen sie zurück, würden ihrer Wege gehen, auf denen sie sie nicht dabeihaben wollten. Sie aber säße hier fest, und weil sie ein Mädchen war, würde sie nicht entkommen können; jetzt, jetzt genau, war ihre einzige Chance.

»Komm erst mal mit ins Atelier. Ich pack rasch aus, dann reden wir.«

Vorbei. Sie schulterte den Rucksack und folgte dem massigen Rücken des Vaters. Im Atelier warf sie sich auf die Chaiselongue, kreuzte die Arme hinter dem Kopf und sah ihm zu, wie er seine Unterlagen und sein Werkzeug auspackte. Sorgfältig betrachtete er jeden einzelnen Gegenstand, wog ihn in der Hand, bevor er ihn verräumte. Er schmiedete die Eisen, wie er es gelernt hatte, noch selbst. Setzer, Spitz-, Zahn-, Schlag- und Schariereisen. Fäustel, Knüpfel, Kröndel. Mika kannte alle. Vermutlich fühlte er sich sicherer, wenn er seine halbe Werkstatt bei sich hatte, während er mit den Bauherren über die Folgen und Kosten verhandelte, die der Absturz seines Reliefs verursacht hatte. Mika musste leise lachen. Sogar Handschuhe, Bügelbrille und die blaue Schürze hatte er dabeigehabt. Das Nackenband war wieder gerissen. Zu ungestüm nahm er die Schürze vom Hals, einmal, weil er gut arbeitete, ein andermal, weil er die Gestalt zwar sah, sie aber im Stein nicht fand, weil er suchte und suchte und den Block, er hatte es ihr erklärt, zu tausend Splittern schlug, umso verzweifelter, je mehr er abtrug und je weniger er sie fand. Fettkreiden, Bleistifte in allen Härtegraden, Skizzenblöcke und die Ledermappe mit den Papieren, Plänen, losen Geldscheinen und einem zerfallenden Schwarz-Weiß-Foto, weich wie eine dünne Scheibe Toast, das Mika und die Jungen am Bootshaus zeigte. Mika als Krabbelkind. Der Kleine war nicht drauf. Es hatte ihn da noch nicht gegeben. Stichzirkel, Winkel, Wasserwaage, Senkel. Zuletzt jedoch, das wusste sie, sein Wichtigstes: ein flaches schwarzes Buch mit goldenem Titel. Er rieb über den Einband aus Stoff, stellte das Buch auf den Arbeitstisch an die Wand. *Die archetypische Welt Henry Moores* stand da. Und an Moore und seiner Welt arbeitete der Vater sich ab bis zur unreflektierten Kopistentätigkeit, wie ihm die Mutter einmal im Streit vorgeworfen hatte.

Nachdem alles verräumt war, sank er auf einen dreibeinigen Hocker und sah vor sich hin. Er wischte sich mit dem Ärmel des grob gestrickten Pullovers über die Augen, griff unter den Tisch und angelte nach einer angebrochenen Weinflasche. Mit dem Daumen ließ er den Korken herausspringen, trank einen Schluck, setzte ab und sah Mika nachdenklich an.

»Du willst hier weg?«

Mika setzte sich auf und schob die Fäuste zwischen die Knie. Sie sah auf ihre Daumennägel.

»Du bist vergessen worden und langweilst dich. Keiner hat Zeit für dich, keiner ist für dich da.«

Sie nickte.

»Tja, was machen wir da? Soll ich mit deiner Mutter reden?«

Mika schüttelte den Kopf, er sah es nicht.

»Ja? Morgen. Ich rede morgen mit ihr. Wo ist sie überhaupt?«

»Im Krankenhaus.«

»Ja, ach ja. Und der Kleine, wie geht es ihm?« Und der Kleine, wie geht es ihm?, hallte es in Mikas Kopf. Der Kleine, der Kleine, der Kleine …

»Wie soll es ihm gehen? Schlecht natürlich. Er hat gekotzt, der Sanka kam, sie sind ins Krankenhaus gefahren.«

»Das ist schlimm, wie? Tja.« Er nahm wieder einen Schluck, wiegte den Kopf, fuhr sich mit der Hand über die Haarbüschel.

»Wir müssen reden. Morgen, gleich morgen reden wir und finden eine Lösung. Stimmt's?«

Mika zog die Brauen zusammen.

»Es gibt immer eine Lösung.« Er stand auf und kam zu ihr. Schwer ließ er sich neben sie auf die Couch fallen, sah sie von der Seite an und lächelte. »Immer.« Dann wischte er ihr über das Haar und wedelte sie mit der Hand nach hinten. Sie rutschte dicht an die Wand, und er streckte sich neben ihr aus. Auf der Seite liegend, umschlang er seinen Oberkörper und brummte noch einmal: »Eine Lösung. Immer. Wir reden.« Er langte in seinen Rücken, tätschelte Mikas Bauch. »Jetzt bleibst du erstmal hier. Eine Lösung. Morgen.« Bevor er in langen tiefen Seufzern zu schlafen begann.

Das Mädchen lag hinter dem großen Körper wie hinter einer schützenden Mauer. Eingeklemmt in die enge Schlucht zwischen dem Rücken des Vaters und der Wand des Ateliers, dämmerte sie und trieb auf der Wasserfläche ihrer Wünsche wie ein wankendes Schiffchen aus Papier, das sich führerlos um seinen Mittelpunkt drehte, während es aufweichte und sich mit der Schlagseite aufs Wasser legte.

Im Atelier war es jetzt dunkel. Der Vater war noch einmal aufgestanden und hatte die schweren Tuchvorhänge zugezogen, um besser schlafen zu können. Kaum ein Lichtstrahl durchdrang das vollkommene Schwarz, in dem die beiden ruhten. Mika lag auf dem Rücken am Grunde ihrer Schlucht und starrte in das Dunkel. Sie atmete flach, sie blinzelte nicht. Sie sah ins Schwarz, bis sich ihre Augen nach innen wandten und sie gleichzeitig in ihr Inneres sah und in die Dunkelheit, die sie umgab. Unterschiedslos wogte das Schwarz in sie hinein und aus ihr heraus. Ihr Lidschlag unterbrach die Wellenbewegungen. Schotten dicht, hörte sie rufen. Doch war es, das konnten sie auf der Brücke nicht wissen, längst nicht mehr von Belang, etwas zu steuern, zu beeinflussen. Orientierungslos und ohne sich zu bewegen, lag sie da, umgeben von einer großen Leere, in der sie sich auflöste, verging. Und wurde Teil dieser Leere, wurde zu diesem Nichts, das sie umgab. Kein Raum, kein Geräusch, keine Dimension. Ruhig lag der Spiegel des Quecksilbersees. Kein Oben, kein Unten in der stillstehenden Zeit, und weit weg von ihr war der Vater ein Kopfwissen geworden, nicht mehr zu spüren, nur noch in Gedanken vorhanden, war neben ihr zu einer Wand geworden, einer dunklen, undurchdringlichen, nicht fühlbaren, tief atmenden Wand. Ihr Körper bewegte sich nicht. Füße und Arme lagen wie Einzelteile fühllos da und Rumpf und Kopf taub wie Zuckerwatte ohne Innen, ohne Außen, amorphe Masse, diffus entgrenzt.

Sie verharrte lange reglos, und als sie glaubte, schreien zu müssen, um sich ihrer selbst zu vergewissern, geriet das Schwarz über ihr kaum merklich in Bewegung. Es hob und senkte sich langsam, wellenartig, und als bliese ein sachter, gleichmäßiger Wind hinein, begann das Dunkel, das wie eine Grabplatte auf ihr lastete, sich zu blähen und zu heben und bog sich in eine Wölbung, die das Mädchen und den Schlafenden freigab und gleichzeitig barg. Die Dunkelheit atmete tief und regelmäßig, und mit der sachten Atembewegung des Dunkels atmete auch das Mädchen tief und regelmäßig. Ein und aus. Und schlief.

In den Brombeerhecken, hinter Himbeerranken, saß auf mehreren Schichten Stoff und Teppichen in einer kraterartigen Vertiefung die dicke Frau und zwitscherte. »Tschileka, Tschileka.« Und hielt ein Ding in der Hand, das das Mädchen noch nie gesehen hatte, ein längliches Stück Holz, oval geformt wie ein Kegel. Doch ragte statt des Halses aus dem schmalen Holzkörper eine Metallnadel heraus, und darauf aufgewickelt war eine grobe Schnur, die sich zu einem dicken Knäuel formte. Die Dicke hielt es Mika hin, die danach griff, worauf Tschileka es zurückzog und lachte, dass die Bauchfalten wogten, und streckte es ihr wieder hin und wartete, dass Mika, gierig wie ein Kleinkind auf die Schokolade, noch einmal danach griff und sie die Spindel wieder wegziehen konnte, mit einer schlangenartigen Bewegung, und noch einmal und noch einmal, bis Mika wütend wurde und in die Nadel fasste und sich in den Finger stach und ihn zurückzog und das Blut wegleckte und sie böse ansah, bis der Schwindel kam und sie hinabzog zu der Dicken in den Krater, der einem Trichter glich, in dessen Öffnung sie jetzt fiel und aufgesogen wurde, Kopf voran. Der enge Schlauch presste ihre Brust zusammen, drückte ihr die Luft ab, und die Schwerkraft zog sie tief hinein in eine dunkle Röhre, deren Ende sie nicht sah. Nacht vor Augen. Sie blickte in die Dunkelheit und atmete ins Schwarz, das sich über ihr wieder hob und senkte, wellenartig. Noch immer drückte es ihr die Luft ab.

Mika riss die Augen auf. Vollkommene Dunkelheit. Ein Gewicht drückte sie nieder. Es war schwer und warm. Der Körper des Vaters ließ sich nicht bewegen. Er hatte sich im Schlaf auf sie gerollt und hielt sie unter sich gefangen. Heiß fuhr sein Atem ihren Hals hinauf und in ihr Ohr. Sie roch den Wein, den Staub, den Dunst aus seinen Kleidern. Um ihn abzuwerfen, zappelte sie und wand sich. Sie versuchte, ihre Arme zu befreien, wollte ihn von sich stoßen, doch er brummte, rieb sein Kinn an ihrem Hals und bewegte sich nicht. Mehr und mehr zappelte Mika, vergebens. Sie rang nach Luft und begann zu schreien, er warf ihr die Hand aufs Gesicht, sie konnte einen Arm befreien und stieß ihm mit aller Kraft die Finger in die Seite und packte seine Haut und zwickte ihn, er wälzte sich knurrend zur Seite, rollte sich, ohne die Augen geöffnet zu haben, zusammen und begann wieder, tief und gleichmäßig zu atmen. Fast klang es, als seufze er.

Vom Gewicht seines Körpers befreit, setzte Mika sich auf, jappte, atmete tief, beruhigte sich und sah sich in dem dunklen Raum um. Ihre Augen hefteten sich an einen Schemen. Es war die Skulptur unter ihrem Tuch, an der der Vater gearbeitet hatte, bis die Schwierigkeiten mit dem Kirchenrelief ihn weggerufen hatten. Wieder lastete ein Druck auf ihrer Brust, der Druck der Enge und des Eingesperrtseins.

Mit beißenden Augen verließ Mika das Atelier und rannte quer durch das leere Haus in ihr Zimmer, wo durch den blauvioletten Vorhang hindurch sich ein kühles Abendgrau ausbreitete und den Raum in ein gespenstisches Licht tauchte.

12

Die Haustür schlug zu, Absätze klackerten über den Steinboden, ein Schrei gellte durch die Räume. Die Mutter war aus dem Krankenhaus zurückgekommen und eilte ins Atelier, den Vater zu umarmen, mit dessen Rückkunft sie noch lange nicht gerechnet hatte. Sie stellte sich vor ihn hin, hob sich ein wenig auf die Fußspitzen und schlang die runden Arme um seinen Hals. Er tätschelte ihr den Rücken, um sie dann plötzlich fest zu umarmen und, mit der gewölbten Hand ihren Kopf haltend, sie lange zu küssen.

Mika stand dabei wie ein nutzloser Gegenstand, den Rucksack in der Hand. Sie war beim Versuch, aus dem Haus zu schleichen und abzuhauen, in das Wiedersehen der Eltern geraten und wurde nun Zeugin, wie der Vater in die Tasche der ausgebeulten Cordhose griff und eine Rolle Geldscheine zum Vorschein brachte, um die er die Finger der Mutter schloss.

»Ein Fest. Lass uns ein Fest feiern: tanzen, lachen, trinken. Komm. So lange hatten wir keine Gäste mehr.«

»Ich weiß nicht. Der Kleine«, dann mit dem Blick auf der Rolle Scheine, »das Geld, was ist mit den Raten für die Hypothek? Der Kleine. Ich weiß nicht.«

»Lass uns feiern. Wann, wenn nicht jetzt, haben wir Grund zu feiern?«

»Ich bin so müde. So schrecklich müde.«

»Liebste, alle Menschen feiern, wenn sie glücklich sind. Glück ist der banalste Grund für ein Fest. Wir aber feiern gegen das Unglück an. Alle sollen kommen und uns dabei helfen, den Kummer und die Ungewissheit im Lärm des Fests zu überstehen. Die Angst ersticken, die Schlaflosigkeit betäuben, einmal, nur eine Nacht wieder mal frei sein davon.«

»Ich kann nicht fröhlich sein, während der Kleine im Krankenhaus liegt. Ich kann es nicht.« Sie machte sich aus seinen Armen frei und wandte sich ab.

»Gerade weil er im Krankenhaus ist, wollen wir feiern und an uns denken für eine Nacht. Du hilfst ihm nicht, indem du hier traurig bist und schlaflos.« Er fasste nach ihrer Hand und zog sie zu sich, dass sie ihn ansehen musste. »Champagner trinken, lass uns Champagner trinken, und wir werden dich, wie es so heißt«, der Vater machte eine Grimasse und wackelte ein wenig mit dem Kopf, »auf Händen tragen. Alles wird gut. Nicht?« Er zwinkerte Mika zu und lachte. Und schlang wieder die Arme um seine Frau, hob sie in die Höhe und schwenkte sie wie eine Puppe; ihre Füße baumelten über dem Boden hin und her.

Da kam ihr ein Lachen über die Lippen und sie wand sich, damit er sie wieder abstellte. Über die Schulter der Mutter hinweg, zwinkerte der Vater Mika noch einmal zu. Sie lachte jetzt auch und wusste, dass sie nicht weg konnte, dass sie das Fest miterleben, dass sie dabei sein wollte, wenn das Haus und der Garten voller Leute waren, wenn Feuer brannten, Lampions und Kerzenwälder. Wenn die Freunde der Eltern, deren Freunde und die Nachbarn im Garten um die weiß gedeckte Tafel saßen, und sich der eine oder andere Passant, den die Musik angelockt hatte, schüchtern dazugesellte. Das Fest würde am späten Nachmittag beginnen und bis in die Morgenstunden dauern. Die letzten Gäste ruhten auf Sofas und Liegen im Wohnzimmer, in Zelten im Garten oder in Liegestühlen unter freiem Himmel. Das Büffet stand bis zum Morgen, leer gegessene Teller, überfüllte Aschenbecher. Wiesenblumen, denen in der ungewohnten Vase der Blütenstaub aus den kleinblättrigen Köpfen aufs Tischtuch rieselte, zwischen die Schüsseln, Silberplatten mit Fleischresten und Schneidebretter mit verlassenen, zu weißlichen Fladen zerronnenen Käsestücken.

Am Tag darauf gab es nach starkem Kaffee, sauren Gurken und heißer Brühe den Frühschoppen, und schon hallten wieder die Lachsalven durchs Haus, schon begann das Fest von Neuem. So wollten die Eltern feiern. Um sich Mut zu machen, um sich der Freunde zu vergewissern, um das Leben zu spüren. Den Tod zu bannen.

Der Vater telefonierte schon, um den Wein zu bestellen und die Gäste einzuladen. Die Vorbereitungen begannen. Er kaufte mit Mika Kisten voller Getränke und Lebensmittel, schleppte körbeweise Früchte und Gemüse, Brote, Käse, Blumen und Salate heran, Fleisch, Maultaschen und Suppenknochen. Gemeinsam kochten sie zwei Tage lang, bis der Festtag da war und die letzten Handgriffe getan waren. Kräuter wiegen, Speisen aufwärmen, Zwetschgenschnaps aus dem bauchigen Glaskolben in kleine Flaschen füllen,

Salatsaucen rühren, Forellenfilets warm stellen. Die Tische decken, das Büffet anrichten.

Obwohl sie alles vorbereiteten, wie immer, war dieses Mal doch etwas anders. Der Vater stolperte mit einem Tablett voller Gläser in der Hand; sie zerschlugen krachend, die Splitter sprangen bis in die hintersten Winkel der Küche. Die Mutter eilte vom Kühlschrank zur Vorratskammer, öffnete Schubladen und Fächer, stand davor und sah hinein.

»Was wollte ich?«

»Die Sahne für den Eiersalat.«

Und mit einem nervösen Lachen: »Danke Mika, wenn ich dich nicht hätte.« Dann waren es die Kerzen für den Leuchter, die gerösteten Brotkrümel für den Salat, die Papierservietten für das Büffet, die Silbertabletts für die Sektgläser, das Trinkgeld für den Bauernjungen, der die Kartoffeln brachte. Und so fort. Sie vergaß in der Bewegung des Öffnens, was sie hinter einer Schranktür gewollt hatte, im Hinabsteigen, was sie aus dem Keller hatte holen wollen, und Mika belauerte sie, um den Vergesslichkeiten durch einen Hinweis oder eine Handreichung zuvorzukommen.

Am Nachmittag schlief der Vater im warmen Badewasser ein. Er hatte den ganzen Vormittag Laub, Gartenabfälle und den Schnitt der Hecken vom letzten Jahr verbrannt, lichterloh hatte das Gestrüpp gebrannt, hoch das Feuer in den Sommerhimmel gelodert, bis es zu einer wimmelnden Glut zusammengesunken war, auf der jetzt dicke Scheite und Aststücke lagen und glosten. Während die Mutter bereits zwischen den ersten Gästen umherging, Küsse und Sektgläser verteilend, ruhte der Vater noch in der Wanne. Mika klopfte an die Tür, er gab keine Antwort. Sie pochte, hämmerte mit der Faust, im Bad blieb es still. Doch kurz darauf hörte sie ein Plätschern, ein Poltern und einen knurrenden Laut. Als der Vater zum Fest erschien, hatte er die Schnitte vom Rasiermesser mit Fetzen Toilettenpapier beklebt. Wie rot-weiße Flügelchen klebten sie ihm unter dem Mund und am Hals und bewegten sich im Luftzug, wenn er sprach.

Mika öffnete, nahm den Gästen Mäntel und Jacken ab und machte den Mundschenk. Sie liebte diese Stimmung, wenn nach der Hektik und den letzten Aufregungen die Leute ankamen und mit feinen Düften, Geschenken, Gelächter und lauten Sprüchen den Raum zu füllen begannen, Mensch, Mädchen, wie groß bist du geworden, wo willst du denn hinwachsen, in den Himmel, der kann uns auch nicht helfen; wenn unser Kanzler uns im Stich lässt, die Perser sich bei Krupp einkaufen und in Amerika der Präsident aus dem Amt gekippt wird, wollen wir feiern, nicht wahr? Hol die Trompete, wir spielen was. Und Mika brachte ihr Instrument, und sie spielten schräg und laut einen Dixie oder eine verwackelte Jazznummer, bei der sie aus Spaß die Backen blähte, wie Dizzie Gillespie, der für sie der erste Jazztrompeter war, nicht Miles. Doch das interessierte hier keinen, alle redeten jetzt über Watergate und das Impeachment gegen Nixon.

Die Gesprächsfetzen mischten sich zu einem einzigen großen Gemurmel, es begleitete sie in die Küche, wo sie später am Abend die letzten Tropfen aus den Flaschen und die Reste aus den Gläsern trank. Als sie ein Motorrad den Berg herabkommen und aufheulend in den Garten fahren hörte, lief sie durch die Hintertür hinaus. Es war die schwarze Norton 850, und auf ihr saß der Earl. Mika eilte zurück, durch die Küche, das Esszimmer in den Flur und öffnete die Haustür, noch bevor Earl hatte klingeln können. Ellen war ein dummes kleines Kind. Earl nahm den bronzefarbenen Helm ab und schüttelte die Korkenzieherlocken auf den Rücken. Mika strahlte. Übermütig scharrte sie einen Kratzfuß vor den Gast, verneigte sich und wies ins Innere des Hauses, wo die Leute sich drängten. Sehr aufrecht betrat der Earl das Haus, nicht ohne ihr einen flüchtigen Kuss aufs Handgelenk gehaucht zu haben, und mischte sich hierhin und dahin grüßend unter die Gäste. Mika blieb ihm dicht auf den Fersen, fragte nach seinen Wünschen, eilte nach dem Bier, das er wollte, suchte nach einem Vorwand, um sich in seiner Nähe aufhalten zu können, bis der Vater sie wegschickte, um das Feuer zu beaufsichtigen, und mit dem Earl im Atelier verschwand. Es war schon lange dunkel, die Lampions brannten, jemand versuchte sich spuckend auf ihrer Trompete, eine Frau lachte schrill. Mika saß allein auf der Bank am Feuer, warf Prügel in die Glut und stocherte darin herum, dass die Flammen hochschlugen.

»Eine öde Veranstaltung mit lauter Erwachsenen, nicht wahr?«, sagte eine Stimme in ihrem Rücken. Mikas Herz stolperte. Es war der Earl.

»Mir doch egal.« Sie stocherte im Feuer, die Funken sprangen hoch und verglühten.

»Gehst du gar nicht in Urlaub? Alle sind sie weg, und du hier allein? Dich haben sie hiergelassen, findest du das nicht gemein?« Der Earl setzte sich neben sie.

Mika sah auf und in seine wachsamen Augen.

»Geht schon.«

»Deine großen Brüder, die sind an den See gefahren, und dich haben sie hiergelassen. Findest du das nicht gemein?« Er ließ nicht locker, und statt misstrauisch zu sein, hörte Mika sich antworten und ihm alles erzählen, von den langweiligen Nachmittagen am Fluss, von Ellen, die nun auch weg war, von dem Kleinen und seiner Krankheit, von den Eltern, die nur mit sich beschäftigt waren.

Schweigend hörte er ihr zu und wartete, bis sie zu Ende gekommen war. Dann nickte er und sagte, das könne er gut verstehen. Mika beobachtete ihn von der Seite. Sie zweifelte daran, dass dieser Mann sie verstand, aber dann sah sie seine aufmerksamen Augen, seine glatte Haut und seine langen Haare, und da dachte sie, dass er vermutlich nicht viel älter war als Hardy und, ja warum nicht, er war auch mal jung gewesen, und sicher erinnerte er sich genauer daran als ihre Eltern, und er war doch alt genug, um den Abstand zwischen sich und ihrem dummen Alter nicht mehr so betonen zu müssen wie Sten und Hardy und selbst Nick, ja auch er, der nicht einmal ein Jahr älter war als sie. Und da wurde der Motorradmann ein anderer in ihren Augen. Plötzlich fiel ihr nichts mehr ein, und es war ihr peinlich, dass sie so viel geredet hatte. Verstohlen sah sie ihn an, dann auf ihre Turnschuhe, mit deren Spitzen sie in den Ascherändern der Feuerstelle scharrte. Er drehte sich eine Zigarette, kniff die heraushängenden Tabaksfäden ab, fuhr mit der Zungenspitze über sie hin und steckte sie in den Mund.

»Willst du auch eine?«

Mika nickte. Er gab sie ihr, drehte sich noch eine und kramte in den Taschen seiner Lederjacke. Er brachte ein gelbes Streichholzschächtelchen zum Vorschein und riss ein

Hölzchen an einer der Wegplatten an, die die Feuerstelle umgaben.

»Hab ich aus England. Die kann man überall anzünden. An der Hauswand, auf dem Boden, sogar an den Schuhsohlen – vorausgesetzt, sie sind aus Leder.« Er nahm noch eines heraus. »Sogar hier.« Er lachte und ratschte es über den Reißverschluss seiner Jeans. Er hielt ihr das brennende Hölzchen vors Gesicht. Dann gab er ihr das Schächtelchen. »Hier, schenk ich dir.« Sie rauchten. Mika inhalierte bedächtig, damit sie nicht husten musste. Der Rauch füllte ihren Mund und erzeugte in ihr eine schwache Übelkeit, dann hinter den Augen einen leisen Schwindel. Er sah sie an, musterte sie genau, senkte den Blick, hob die Zigarette an die Lippen. Er sog und nahm sie dann mit den Spitzen von Zeigefinger und Daumen, sodass ihr glimmendes Ende in der Höhlung seiner Hand verschwand. Mika war es jetzt, die ihn beobachtete. Er sah ins Feuer, lächelte, wandte sich ihr wieder zu.

»Du gefällst mir, weißt du das? Du bist so anders als die anderen Mädchen. Wie alt bist du, Mika? So heißt du doch, oder?«

»Vierzehn. Bald.«

»Was für ein schönes Alter. Ich erinnere mich so gern an diese Zeit.« Mika sah den Mann, der jetzt ein wenig näher rückte, zweifelnd an. Seine Locken fielen ihm über die Schultern, das rote Licht des Feuers schimmerte hindurch, leuchtende Wellen rahmten sein Gesicht. Wie konnte er sich gern an diese schreckliche Zeit erinnern, wusste er nicht mehr, wie es war, jeden Morgen als eine andere aufzuwachen, nie am Abend zu wissen, wer man nach dem Schlaf sein würde, in was einen die Dunkelheit würde verwandelt haben. Gespenst, Monster, Fee, Hexe, Waldschrat, Verbrecher, Vampir? Und auch, das war das Schlimmste und kam leider häufig vor, in ein pickliges Zwischending aus Grottenolm und Lurch. Ja, wenn einer so schön war wie der Earl, der hatte gut reden. Der konnte leicht lachen über Unsicherheiten. Der zweifelte bestimmt nie und hatte nie Pickel gehabt. Nicht auf der Nase und nirgendwo sonst. Sie schnippte ihren Zigarettenstummel in die Glut. Kleine Flammen lebten auf und züngelten empor. Mika fragte sich, ob der Earl eine Frau, eine Freundin oder ein Verhältnis hatte, und stellte sich vor, wie er ihr den Zeigefinger unters Kinn legte, wie er ihr Gesicht anhob und seine Lippen ... So kindisch, so dumm war sie, ein Mann wie dieser konnte mit einem Mädchen, wie sie eines war, nichts anfangen, wollte eine Braut mit langen Haaren, Brüsten und einem freien Lachen im Gesicht und nicht einen flachen Fischvogel in abgeschnittenen Jeans, der das Küssen nur aus Heimlichkeiten mit der besten Freundinfeindin kannte, die jetzt am Sandstrand einen plüschäugigen Italienerjungen an sich rummachen ließ.

Die Scheite knallten, Funken stoben, und sie musste sich ein Auge reiben, in das ein Aschekorn geflogen war. Mika beschleckte ihre Fingerspitze und wollte sich den Augenwinkel ausputzen, da packte der Earl sie an den Schläfen, hielt ihren Kopf zwischen seinen Händen, wie sie es sich vorgestellt hatte, und doch anders, eher wie eine Schraubzwinge, sie versuchte, den Kopf zu bewegen, ihn zurückzuziehen, er hielt sie fest und sagte: »Lass mal sehen«, und: »Du bist wirklich was Besonderes, so anders als die anderen«, und zwang sie stillzuhalten, senkte die Lippen, ein Goldzahn irgendwo und warmer Zigarettenatem auf Mikas Gesicht, stieß die Zungenspitze hervor, hart, kalt kam sie ihr vor und leckte ihr mit dem Zungenstempel Augensalz und Asche weg. Sie blinzelte und konnte wieder sehen, das Auge hörte auf zu tränen.

»Weg, es ist ganz weg.« Er hielt sie immer noch, und Mika zuckte wieder, als er seinen Mund auch ihrem anderen Auge, das ganz unversehrt war, näherte, sie stieß ihn von sich. »Da ist nichts. Lass mich.« Und wand den Kopf aus dem Schraubstock seiner Hände, sprang durch den Garten, huschte zwischen Leuten durch, den Betrunkenen, die sie festhalten wollten, nach ihr riefen, doch sie war schon weg, ins Haus geschlüpft und durch die Küche in das Atelier, wo sie den Vater bei einigen seiner Gönner und Sammler fand. Sie saßen oder standen herum, der Vater, auf einem Hocker, redete, dozierte über seine Kunstauffassung, vom Wesen im Stein, das er befreien musste. Mika sprang herum, kroch dann auf die Chaiselongue.

Mit großen Gesten beschrieb der Vater, als sei er selbst es gewesen, wie Henry Moore, als er ein kleiner Junge gewesen war, den Rücken seiner Mutter mit Rheumaöl einreiben durfte, und sich ihm, dem Vater, bei der Lektüre unmittelbar erschlossen hatte, wie sich die großen glatten Frauenkörper, die überdimensionierten Kolosse mit den viel zu kleinen Köpfen aus dieser Perspektive erklärten. Mika hörte die Geschichte nicht zum ersten Mal, und manch einer der Gäste, wie sie aus dem betretenen Lachen schloss, kannte sie ebenfalls bereits. Jetzt fragten sie nach neuen Arbeiten, wollten dem rundrückigen Marmorblock in der Mitte des Raums die schwarze Haube abnehmen, doch hinderte der Vater sie daran, indem er aufstand, Wein nachschenkte und

Mika bat, die große Mappe mit den Skizzen zu holen, die Schleifen an drei Seiten löste und auf dem aufgebockten Türblatt aufschlug. Er entnahm ihr Kohle-, Rötel-, Bleistiftzeichnungen, die Studien zum Marsyas-Zyklus, den die Gäste ebenfalls schon kannten, er hatte die Arbeiten vor zwei Jahren im Stadthaus ausgestellt und gut verkauft. Sie murmelten und wandten sich anderen Themen zu. Der Vater sah sich um und entdeckte Mika, die in einer Ecke stand, und winkte sie zu sich.

»He, mein Vogel.« Der Vater zog sie auf die Knie. »Wo fliegst du umher?«

»Der Mann mit dem Motorrad«, flüsterte sie und unterbrach sich, denn in diesem Augenblick betrat Earl den Raum und prostete dem Vater zu. Er blätterte in den losen Zeichnungen auf dem Tisch, zog eine hervor, die zuunterst gelegen hatte, und betrachtete sie ausgiebig. Der Vater schob das Mädchen weg und trat hinzu, gemeinsam sahen sie sich die Arbeit an. Es war eine flüchtig hingeworfene Skizze von Mika, wie sie auf dem Sofa zusammengerollt schlief, den Daumen im Mund. Der Earl legte dem Vater den Arm um und klopfte ihm anerkennend auf die Schulter. Sie lachten sich an. Dann rieb Earl die Fingerspitzen aneinander, um den Preis zu erfragen.

Mika wollte den Kauf verhindern und versuchte, das Blatt zu schnappen, doch der Earl hob es hoch über ihren Kopf, genau wie Sten es mit der Monatsbinde gemacht hatte, und wieder hatte sie die Wahl, aufzugeben oder in die Höhe zu springen und nach dem begehrten Gegenstand zu schnappen wie ein dressiertes Hündchen nach dem Stock.

Der Vater nannte eine Zahl, worauf der Earl, ohne den Arm sinken zu lassen, seine Geldbörse aus der Lederhose zog, sie öffnete und einige Scheine herausgrub, die der Vater, ohne sie zu zählen, in den Taschenbeuteln seiner Cordhose verschwinden ließ.

Mika rannte aus dem Atelier und nach oben in ihr Zimmer, wo sie, um sich ihrer Unabhängigkeit zu vergewissern, den Inhalt des Rucksacks noch einmal prüfte, Stück für Stück. Sie legte Kleider und Proviant für den nächsten Tag bereit, stellte den Wecker und löschte das Licht. Lange lag sie wach, die Decke unter dem Kinn, und sah in die Dunkelheit.

Gegen Morgen weckten sie Gelächterkaskaden und Abschiedsrufe, mit denen sich die Festgesellschaft auflöste. Autotüren schlugen, und irgendwann, als Mika schon wieder im Halbschlaf war, wurde ein Motorrad gestartet und raste davon.

13

Durch den mit Flaschen, Zigarettenstummeln, Gläsern übersäten Vorgarten laufen, das quietschende Törchen öffnen, den Berg hinauf, über die Kuppe hasten, aufs Rad springen, in die Pedale treten, den Oberkörper tief über den Lenker gebeugt. Der Fahrtwind fuhr Mika kalt in den Nacken und über den Rücken. In Schlangenlinien die Bergstraße hinab, sie kannte jedes Schlagloch. Es war Morgen und außer ihr keiner unterwegs. In wildem Galopp jagte sie durch die Altstadt, die Durchgangsstraße hinunter, über die Brücke und dem Flussufer nach ins Offene. Weg von der Badestelle, weg von den Himbeerranken, weg von daheim. Ohne ihr Tempo zu drosseln, folgte sie dem Fluss, ließ endlich das Ortsschild hinter sich, erreichte einen Feldweg, von dem sie wenig später auf die Hauptstraße kam. Rasch ansteigend führte diese zum Schloss hinauf, umrundete es und fiel in einer langen Kurve in ein Wiesental. Bereits am Ortsausgang waren Mika die ersten Kübelwagen begegnet. Jetzt, auf der Anhöhe, kam ihr auf der Gegenfahrbahn eine Kolonne braungrüner Laster mit Planenaufbau entgegen, Tieflader mit Panzern, gefolgt von Jeeps und Mannschaftswagen. Mika, die nach links abbiegen wollte, musste lange warten, bis sich zwischen den Fahrzeugen eine Lücke öffnete, durch die hindurch sie auf einen Wanderparkplatz und von diesem auf einen geschotterten Weg kommen konnte. Hinter ihr rollte der Truppentransport weiter in Richtung Kaserne.

Mika fuhr am Waldrand entlang. Rechts von ihr breiteten sich Maisfelder aus. Aus den Blättergewändern der Kolben schauten die Haarbüschel heraus und waren noch hellgrün. Das war die Zeit, in der der Mais am zartesten war. Weich und unreif konnte sie ihn fast mit dem Kolben essen. Sie hielt an und brach ein paar Kegel ab. Einen entblätterte und enthaarte sie sofort und biss dem dünnen Kolben die Spitze ab, dann mit blanken Zähnen die einzelnen Körner heraus. Oft und oft war sie auf den Wegen und in den Wäldern dieser Landschaft gewandert. In Gummistiefeln, Winterstiefeln, Halbschuhen. Auf der Suche nach Heidelbeeren, Pilzen, Brunnenkresse. Mit einem kleinen Korb um den Bauch gebunden, darin ein Messer oder eine Schere, je nachdem, was gesucht wurde. Stundenlang waren sie herumgegangen, die ganze Familie, und hatten gesucht und geerntet und hatten zu Hause all die madenzerfressenen, wurmstichigen Pilzfunde, die sauren Heidelbeeren und die bittere Brunnenkresse verlesen, putzen, waschen und schließlich essen müssen. Einmal war sie plötzlich allein gewesen. Die Stille eines späten Frühlingstags im Wald, nur das Rascheln der Gräser unter den Sohlen und ein leises Quatschen zwischen den Zehen, Bachwasser, das ihr in die Stiefel geschwappt war. Sie musste sehr klein gewesen sein, denn sie erinnerte sich nur daran, dass sie keine Angst gehabt hatte. Da waren viele Blumen, gelbe Hahnenfüße, die sie pflückte, und dabei weiter und weiter in eine Wiese hineinging, weg von den anderen. Bis sie sie nicht mehr hörte, nur noch diese Stille, die auf etwas zu warten schien. Ein Rascheln, ein Knacken, ein Rauschen in den Tannen. Irgendwann konnte sie die Hand nicht mehr um die Stängel schließen, so viele Blumen hatte sie gepflückt. Da hatte sie sich auf einen bemoosten Baumstamm gesetzt, in die Sonne geblinzelt und gewartet. Die Stille umhüllte sie wie eine Decke. Warten in und um Mika. Bis sie weit entfernt ihren Namen hörte, der schnell näher kam. Nicks Stimme. Er kam den Waldweg herabgerannt, stürmte in die Wiese, hüpfte über die Blumen hinweg auf sie zu. Seine Haarbüschel tanzten. Keuchend stand er vor ihr, nahm sie an der Hand, zerrte sie hoch und brachte sie zu den anderen zurück, wobei er unentwegt schimpfte. Die Blumen hatte er ihr aus der Hand genommen und weggeworfen. Deshalb weinte Mika. Doch alle dachten, sie hätte Angst gehabt, und Nick, so ein lieber Bruder, war der Held des Tages.

Den Weg zum Sonnensee war sie bislang nur wenige Male gefahren, jetzt kam er ihr vertraut und fremd vor, und sie fragte sich an jeder Biegung des Wegs, ob sie sich nicht irrte, ob sie womöglich an der letzten Kreuzung, einer früheren Abzweigung oder bereits beim Verlassen der Straße eine andere Richtung hätte einschlagen sollen. Doch als sie die schmale Landstraße erreichte, der sie bis zum See würde folgen können, war sie sich sicher, dass sie richtig war, und stieg in die Pedale und freute sich, wie ihr alter Drahtesel Fahrt aufnahm, den Berg hinabsauste, in eine sanfte Kurve schoss und im Tal ausrollte. Wieder trat sie in die Pedale, kam in einen gleichmäßigen Tritt und glitt mühelos hügelauf, hügelab durch die flimmernde Sommerlandschaft. Der

Wind strich ihr über das Gesicht und fuhr ihr in die Haare, die Sonne brannte ihr im Nacken, sie trieb das Rad voran, strampelte, nahm die Hände vom Lenker, richtete sich auf und warf die Arme in die Luft. Sie konnte sich nicht vorstellen, je wieder anzuhalten. Das Rad schien von allein zu fahren, ganz ohne Absicht, ohne Ziel trug es Mika übers Land, die Straße entlang, die ein Traktor querte, auf der ein einzelnes Auto ihr begegnete, ein anderes sie überholte, bevor es wieder still wurde. Reglos standen Bäume, Ähren, Spannungsmasten in der Sonne, Kühe ruhten, blinzelten und malmten Grasbrei aus dem zweiten Magen. Und nur ein Sirren der Leitungen über ihr und neben ihr, als sie an einem Brunnentrog die Arme kühlte, dann die Füße, dann die Reifen aufpumpte und die Flasche füllte, sich Wasser in den Mund und in den Ausschnitt schöpfte und in der Sonne saß, bis sie getrocknet war und wieder schwitzte. Sie öffnete den Rucksack und zerrte ihr Sommerkleid heraus. Schnell versteckte sie sich hinter einem Holderbusch, wo sie aus Pulli und Hose schlüpfte, das Kleid über den Kopf warf, mit der Hand unter den Rock fuhr, an den Hüften nestelte und die Unterhose über Knie und Knöchel streifte, sich hinhockte und pinkelte und dann, auf halbem Weg nach oben, den Schlüpfer wieder runterzog, ihn hastig von den Knöcheln zappelte und in den Straßengraben warf. Leicht und luftig schwang sie sich aufs Rad und fuhr mit heißem Gesicht schneller und schneller, vor- und zurückrutschend, bald nach vorn sich beugend, bald sich wieder aufrichtend, ihr Tempo und ihre Hitze steigernd, bis sie sich jäh aufrichtete und lange Zeit, sich im Lufthauch kühlend, im Stehen fuhr.

Sie raste durch ein Dorf und wieder in ein Waldstück hinein. Dunkelheit und kühle Luft umfingen sie, Tannenduft und flackerndes Sonnenlicht. Es fiel zu Boden und sammelte sich in kleinen Pfützen auf dem Asphalt vor ihr. Die Straße stieg jetzt steil an, und so sprang sie ab und schob das Rad. Vögel warnten einander und flügelten rauschend von Ast zu Ast. Und unter dem knisternden Laub vergangener Herbste raschelte ein kleines Pelzwesen in seinen Höhlengang. Der luftzerschneidende Schrei eines Starfighter über ihr, Mika und der einzelne Pilot, die letzten Menschenwesen unter diesem Mittagshimmel. Schnell war er verschwunden und das Mädchen wieder ganz allein und furchtsam auf einmal, aus einer dunklen Ahnung, dass die Brüder sie vom Sonnensee zurückschicken würden zu den Eltern, die sie, möglich war es, nicht einmal vermissten.

Sie sah sich um und fand alles geordnet und an seinem Platz. Jeder Baum seinen Standort, jeder Vogel sein Nest, jedes Tierchen seinen Kobel, jede Ameise ihren Haufen, selbst jedes Blatt am Boden hatte seinen Platz gefunden. Zwei einzelne Linden, ein Marterl dazwischen, darunter ein Fläschchen Weihwasser, und ein erloschenes Grablicht. Mika war auf halber Höhe angelangt. Über ihr öffnete sich der Wald und gab den Blick auf die Ebene frei. Müde warf sie das Rad in den Straßengraben und setzte sich an den Rain. Sie hackte die Absätze in den weichen Untergrund, stützte die Ellbogen auf die Knie, drückte sich die Fäuste an die Ohren und zwang sich, ein bisschen zu weinen.

Da rollte ein Auto heran und blieb neben ihr stehen. Es war der himmelblaue Opel, und durch das Fenster der Beifahrertür sah ein Männergesicht, vom Hals bis unter die Augen von struppigem Barthaar überwachsen und in dem Gewölle zwei dunkelrote Lippen, die sie nun anlächelten, sich zu feuchten Nacktschnecken streckten. Mika zog die Brauen zusammen, starrte auf die Gummikappen ihrer Turnschuhe und überlegte fieberhaft, wie sie hier wegkommen könnte. Das Auto stand mit laufendem Motor. Mika äugte unter den Ponyfransen hervor nach dem Struppigen, der unbeirrt lächelte und sich nun herüberbeugte, um das Fenster herunterzukurbeln. Doch bevor er etwas sagen konnte, streckte sie ihm die Zunge heraus und schnellte, als er sich aufrichtete, um aus dem Auto zu steigen, mit einem Satz hoch, riss das Fahrrad aus dem Graben, rannte davon, sprang im Rennen auf, und da es zu steil den Berg hinaufging, sie auf diesem Weg nicht schnell genug würde davonkommen, kehrte sie um und strampelte in heller Aufregung den Berg hinab, schneller und schneller, um eine, um zwei, um noch eine Kurve, bog in einen Forstweg ein, holperte über Wurzeln, sprang ab, zerrte das Rad in wilder Hast tiefer und tiefer in den Wald hinein, um eine Biegung und hinter einen Haselstrauch, wo sie keuchend niederkauerte und lauschte, ob ein Motorengeräusch zu hören war – ja, ob es näher kam – ja, ob es stiller wurde, da der Wagen auf dem Holzweg das Tempo verlangsamen musste – nein, ob es ganz verstummte, weil er den Wagen abstellte und sie zu Fuß suchte – ja.

Mika hielt den Atem an, bis ihr fast der Kopf platzte. Sie zwang sich, leise, leise zu atmen, presste die Hand auf die keuchende Brust, hielt wieder den Atem an, lauschte. Stille herrschte. Nichts geschah. Es knackte, sie riss den Kopf herum. Durch das dichte Blätterwerk der Stauden konnte sie den Weg nicht sehen.

Wieder war es still. Mika saß, lauschte mit fliegendem Atem, wagte nicht, sich zu bewegen. Als sich nichts mehr rührte, fiel die Spannung wie ein nasser Mantel von ihren Schultern, und sie wurde wieder müde. So blieb sie hocken und hörte dem Waldfrieden zu.

Es schien ihr, sie habe geschlafen, denn dem scharfen Mittagslicht hatte sich ein Goldton beigemischt, Spinnwebfäden flogen durch die Luft, selbst das Dunkelgrün der Tannen um sie her milderte sich, schattiert von einem hellen Grau. Von fern her das klägliche Läuten einer Vesperglocke. Vorsichtig lugte sie durch die Sträucher, der Wald stand still und der wurzelige Holzweg lag menschenleer im Nachmittagslicht. Sie wagte sich heraus, kroch geduckt auf den Weg, zerrte ihr Rad aus dem Gebüsch und schob es zurück zur Straße.

Als sie aus dem Wald trat, raste ein Motorrad vorüber. Der Fahrer trug eine schwarze Ledermontur und einen goldenen Helm, unter dem lange Haarfransen hervorflatterten. Mika kam zu spät, um das Kennzeichen lesen zu können. Sie rannte in die Mitte der Fahrbahn. Die Maschine nahm geschwind die Kuppe und verschwand im leiser werdenden Motorengeräusch.

Mika machte sich zum zweiten Mal an den Aufstieg. Sie stieß das Rad mit ausgestreckten Armen und ließ den Kopf hängen. Fast hatte sie den Scheitel der Steigung erreicht, als sich das Dröhnen des Motorrads wieder näherte und es an ihr, die bewundernd stehen geblieben war, vorbeischoss, über die Kuppe flog und aufheulend im Wald verschwand. Hinter dem dunklen Visier des Goldhelms war das Gesicht nicht auszumachen. Doch Mika war sich sicher, dass es nur

Earl sein konnte. Er schien sie nicht erkannt zu haben, vielleicht hatte er sie nicht einmal gesehen.

Als das Motorrad weg war, wurde es wieder still um sie her. Eine Stille, tiefer als zuvor, undurchdringlicher, hoffnungsloser auch. Langsam schob sie ihr Rad an der Stelle vorbei, wo der Wagen des Schneckenmanns gestanden hatte, erreichte die Anhöhe, saß schließlich auf, fuhr den Hügelzug hinab und rollte im Tal aus, wo die Straße einem gewundenen Bachlauf folgte. Das Licht wechselte in harten Schnitten von grell zu düster, und in den Schattenpassagen legte sich ein kalter Hauch auf sie. Ihr verschwitzter Körper schauderte in der Kühle des Talgrunds. Wieder kam sie in einen sonnigen Abschnitt, fuhr in gleichmäßigem Tempo und mühelos, doch ohne Freude, ohne Mut.

Die Dämmerung sank, als sie einen Wegweiser erreichte, auf dem »Sonnensee 32« stand. Noch zweiunddreißig Kilometer. Sie beschleunigte ihre Fahrt, doch musste sie wenig später, als schwarze Nacht sich auszubreiten begann, entscheiden, ob sie bis zum Morgen weiterfahren oder sich im Wald einen Schlafplatz suchen sollte. Sie fuhr weiter, fuhr und fuhr. Sie bewegte ihre Glieder im gleichmäßigen Auf und Ab der Pedale, sie hörte das Sirren in den Speichen und das reibende Geräusch des Dynamos am Reifen. In pulsenden Bewegungen strahlte das Scheinwerferlicht auf, flaute ab, strahlte wieder auf. Stillstand und Bewegung. Sie standen einander gegenüber, und immer, immer war der Stillstand, der erzwungene noch dazu, ihrem Fortkommen im Weg. Sie saß im Baumhaus, am Flussufer, im leeren Haus, auf einem Stuhl in der Cafeteria des Krankenhauses, oder sie lag in einem Bett, auf der Couch, auf dem Badetuch und betrachtete den langsamen Zug der Wolken oder die noch nie benannten Sternbilder im Weiß der Zimmerwand. Sie packte, brach auf, wurde zurückgehalten. Musste aus Hardys Auto aussteigen, konnte Ellen nicht begleiten, wurde vom Vater aufgehalten, um neben ihm zu liegen, unter einer Grabplatte aus Schwärze. Und selbst, als sie es geschafft hatte, als sie endlich unterwegs war, wurde sie verfolgt und gezwungen, sich in ein Gebüsch zu hocken und zu warten, zu warten, bis sie weiter konnte, in ihr Leben fahren konnte. Es war ganz unmöglich, jetzt noch einmal eine Pause zu machen, um irgendwo im Wald zu liegen, in die Wipfel und den Sommersternenhimmel zu sehen und wieder zu warten, auf das Leben, auf das Abenteuer, auf die Liebe, auf die Freiheit, eine Frau zu sein. Ihr schien auf einmal, als sei die Zukunft, die da vor ihr lag, ein einziger Wartesaal. Als sei das Geheimnis aller Frauen, dass sie warteten. Und indem sie, Mika, fuhr und fuhr, fuhr sie dem Erwachsenwerden davon. Dem Erwachsenwerden, das sie so sehr suchte. Sie war ein Küken, das nass und klebrig dasaß und sich noch nicht rühren konnte. Das seine Eierschalen abgeworfen hatte, um zu warten. Darauf, dass es hübsch und flauschig wurde, darauf, dass es einer fand und mitnahm. Ins Leben, in den Wartesaal.

Die Brüder, Earl, der Kapitän, auch der Reiter in den Schluchten des Balkan, sie waren immer in Bewegung. Sie reisten, fuhren, rasten, schipperten, ritten um die Welt und drangen zu den großen Geheimnissen vor. Sie aber saß wie Rapunzel im Turm, ruhte mit Tschileka im Himbeerstrauch auf Teppichen und weichen Decken und wurde dick und dicker, die Giftspindel im Finger, auf einer weichen Unterlage hinter Ranken und Gestrüpp. Und zwitscherte und rief nach einem, der ihr half, der mit dem Messer kam und da hindurchdrang, um sie zu nehmen, der sie befreite, freite, mit sich nahm. Mädchenhoffnung. Frauenleben eben.

Mika fuhr und fuhr. Um Kraft zu sparen, fuhr sie ohne Licht. Nach und nach durchdrang ihr Blick das Zwielicht. Sehr selten näherte sich ein Auto. Dann sprang sie vom Rad und in den Straßengraben, damit sie nicht gesehen wurde. Nur einmal, als sie glaubte, den Opel zu hören, duckte sie sich tiefer hinter das hochgewachsene Gras. Doch rollte auch dieser Wagen gemächlich vorüber, und Mika wurde nicht bemerkt.

Weiter fuhr sie, fuhr und fuhr. Stiller wurde es um sie her, nur das gleichmäßige Rauschen des Fahrtwinds raschelte an ihrem Ohr. Außer ihr war keiner unterwegs. Noch immer folgte sie dem Bach, der sich zu einem Fluss verbreitert hatte, es war bald Mitternacht. Da bremste sie abrupt, sprang ab, denn vor ihr ging linker Hand ein Forstweg in den Wald, und aus ihm streckte eine himmelblaue Limousine ihre Kühlerhaube gierig zwischen den Bäumen hervor.

Mika ließ das Rad fallen und versteckte sich, was sinnlos war, denn wenn der Wagen dem Struppigen gehörte, so hatte er sie bereits gesehen. Sie zupfte an ihrem Sommerkleid, das hell in der Nacht leuchtete und kramte im Rucksack nach dem Parka. Tiefer duckte sie sich, lauerte, wartete ab. Nichts geschah. Stille lag über dem Wald und den Wiesen, am Flussufer quakte ein kläglicher Frosch.

Sollte sie losrennen, das Fahrrad liegen lassen, den Rucksack auch? Oder Fahrrad und Rucksack schultern und durch den Fluss waten? Leise, leise aufs Rad steigen und schnell die Kühlerhaube umrunden, fahren, fahren, nichts wie weg und in der Nacht verschwinden? Aufspringen und in die andere Richtung fahren, zurück? Umkehren, den einmal gemachten Weg noch einmal machen, und dann noch einmal, um wieder an den Punkt zu gelangen, an dem sie jetzt war? Schlimmer als der Stillstand ist der Weg zurück.

Unschlüssig blieb sie hocken und wartete, den Daumen im Mund. Als sich am Auto eine lange Zeit nichts bewegt hatte, stieß sie vorsichtig das Rad auf die Fahrbahn, sodass es für einen vorüberfahrenden Autofahrer aussehen musste, als sei da einer verunglückt. Dann lief sie geduckt ein Stück zurück und krabbelte, als sie sich außer Sichtweite des Opelfahrers glaubte, die Böschung hinauf und sprang in langen Sätzen quer über die Straße. Geräuschlos verschwand sie auf der anderen Seite im Wald. Fuß vor Fuß pirschte sie sich an das Heck des Autos heran. Eine Sioux auf der Flucht vor den mordenden Soldaten des Generals Terry huschte, ohne ein Zweiglein zu knicken, durch den Wald am Tongue River; ein Goldwäscher, der aus Wut über den Verlust seiner wenigen Nuggets beim Zocken seinen Gegenspieler niedergestochen hatte, floh, über Zeltleinen und Gepäck stolpernd, in die Wälder Alaskas, der unglückliche Elfenbeinhändler, der sich sterbend vom Dampfboot des Kapitäns zurück ins afrikanische Buschwerk schleppte. Outlaws, Unglückliche, Verfolgte und Verstoßene huschten mit Mika durch den Wald.

Sie erreichten den Wagen. Er schien leer und verlassen. Sie blickte durch das Seitenfenster hinein und schrie unwillkürlich auf, als sich in diesem Augenblick eine Gestalt aufsetzte und sie ansah. Mika hielt sich die Hand vor den Mund und krümmte sich zusammen.

Der Struppige öffnete die Tür, stieg aus und ging ein paar Schritte. Mika atmete flach. Sie hörte ein Plätschern, ein Grunzen, es tröpfelte, dann ratschte der Reißverschluss. Wieder lutschte sie am Daumen. Die Schritte kamen näher, der Wagen bewegte sich etwas, die Tür klappte zu und sofort wieder auf. Ihr war ein Laut der Erleichterung entfahren, doch als hätte er ihn gehört, hielt der Fahrer inne und horchte in die Nacht, und Mika biss sich auf die Finger, um nicht laut zu schreien. Wieder schlug die Fahrertür zu, und auf einmal hörte sie in der Ferne das sich steigernde, beim Schalten in den nächsten Gang abrupt abfallende, langsam sich wieder steigernde Singen des Motorrads. Es kam schnell näher und war nicht mehr zu hören, denn der Struppige startete den Wagen, schaltete die Lichter ein und ließ ihn langsam auf die Straße rollen.

Mika sprang hinter einen Baum, presste sich an den Stamm und beobachtete, wie er selbst hier in der Waldeinsamkeit ordnungsgemäß das Blinklicht pulsieren ließ, bevor er nach links auf die Landstraße abbog und Richtung Sonnensee davonfuhr. Sie lief auf die Straße zurück, und da stand aufgebockt das Motorrad, den Scheinwerfer auf ihr am Boden liegendes Rad gerichtet. Ein Mann mit fliegenden Haaren ging suchend herum. Er sah auf das Fahrrad mitten auf der Straße, blickte dann in beide Richtungen, entdeckte Mika und wartete ab. Das bleiche Scheinwerferlicht strahlte ihn von hinten an und umhüllte ihn wie ein silberner Mantel. Er trat einen Schritt auf Mika zu, und ihr wurde bang. Er zog die Handschuhe aus, hob den Helm vom Kopf, schüttelte sein Haar auf den Rücken und lächelte sie an.

Earl. Mika lief zu ihm hin, fast hätte sie ihn umarmt. Einen klammen Augenblick stand sie vor ihm, die Arme verräterisch erhoben, da half er ihr, indem er sie an der Schulter fasste, etwas zu sich heranzog und ihr einen Finger unters Kinn legte. Sie wandte ihm das Gesicht zu. Er schob den Finger unter den Anhänger ihrer Goldkette, spielte damit, es war ihr Taufkreuz mit der Gravur ihres Namens auf der Rückseite. Er hob seine geschwungenen Wimpern.

»Sieh einmal an. Tsts. Die schöne Mechthild.« Er schüttelte den Kopf.

Mika kam sich fremd und erwachsen vor, als er ihren Namen aussprach. Nick war es, der sie Mika genannt hatte, kurz nach ihrer Geburt, als er gerade zu sprechen angefangen hatte. Und nach und nach hatten alle aus der Familie, auch die Freunde, selbst die Lehrer ihn übernommen. So war sie für alle immer Mika gewesen. Sie hob das Kinn und sah Earl in die Augen.

»Earl ist ja auch kein Name. Du musst mir deinen richtigen Namen sagen.«

Er lachte, und ihr schien, er war verlegen.

»Erlolf. Ich heiße Erlolf.«

Mika warf die Hand vor den Mund, damit ihr Lachen nicht herausplatzte. Speusippus, Meleusippus, Hariolf und Erlolf. Heimatkunde und der Rausch und Ellens Zunge in ihrem Mund. Kleine weiße Made.

»Aber alle nennen mich Earl, wie du weißt.«

Erlkönig, hu, dachte sie, er hält ihn sicher, er hält ihn warm. Sie schauderte und musste an Ellen denken. Alles sei passiert und Mika nur ein kleineskleines Kind. Ellen hatte es erlebt und Mika abgehängt. Hinter sich gelassen. Eine verquere Gefühllosigkeit breitete sich in Mika aus. Sie würde durch die Nacht gehen, allein. Reiten, mit dem Erlkönig. Ja.

»Huhu«, machte sie. Earl sah sie verständnislos an.

»Du pass mal auf. Nicht frech werden hier.«

Mika fand ihn lustig. Sie wandte sich ab, bückte sich nach ihrem Rad. Dabei wandte sie ihm den Rücken zu, und da schlang er einen Arm von hinten um sie und zog sie an sich. Das war nicht Nicks dünner Arm um ihren Hals auf dem Schulhof oder vor der chemischen Reinigung. Schwer und in dickem Leder, mit einem Geruch nach Zigarettenrauch und etwas Saurem, Stechendem nahm er von ihr Besitz.

»Wo willst du hin, so spät, so allein? Zum See vielleicht?«

Mika sah auf. Woher wusste er das? Sie zuckte die Achseln, beschäftigte sich mit dem Dynamo.

»Hast du Lust, mit mir zu fahren?« Und als sie ihn unschlüssig ansah. »Komm, ich bring dich hin. Das Rad verstecken wir hier unter dem Gebüsch, dann bist du in null Komma nix bei deinen Brüdern.«

Mika zögerte. Die Norton Commando stand da und glänzte. Der schwarze Tank, die chromstählernen Eingeweide, ihr weißes Auge starrte in die Nacht. Earl beobachtete Mika genau.

»Na, kennst dich aus?« Und sie tat gleichgültig.

»Hab mal eine gesehen. In der Nähe von Ipswich. Als ich mit dem Orchester in England war.«

»Sieh an. Die hier hab ich mir direkt aus Birmingham geholt.« Und tätschelte dem Motorrad den glänzenden

Bauch. Er sah ihr tief in die Augen. »Sitz auf, Baby, wir fliegen durch die Nacht.« Und lachte – ein wenig angestrengt, wie ihr schien.

Aber dann sah sie sein Gesicht. Hell schimmerte es im matten Licht des Scheinwerfers, das Haar fiel ihm vom Mittelscheitel auf die Schultern und hinter den geschwungenen Wimpern glitzerte etwas in seinen Augen. Und da wusste sie, er war es. Sie wünschte es sich so. Er sollte es sein. Der Eine, Einzige, derjenige, welcher. Nur ein kleineskleines Kind. Und das hatte ein Ende jetzt. Im Wasser treiben, gegen die Strömung schwimmen, fächelnde Bewegungen mit den Flossen, sie ausbreiten, weiten, den Hals recken, mit den Beinen schlagen, schnell, schneller, untertauchen bis auf den Grund, in die Knie sinken, die Arme anlegen, sich abstoßen, sich strecken, aus dem Wasser aufsteigen, in die Höhe schießen, die Schwingen ausbreiten, heftige Flügelbewegungen, schnelles Schlagen, Luft unter die Schwingen pumpen, Aufwind, fliegen. Mit der Fluke schlagen, aus dem Wasser springen, hoch in die Luft, die Flossen ausbreiten, sie zu Schwingen strecken und fliegen, fliegen durch die Nacht.

Mit flinken Fingern schnürte sie den Rucksack los und warf das Rad unter ein Gebüsch. Earl wartete schon auf sie. Mika zog den Parka zu, kletterte auf den Sozius, stellte die Turnschuhe auf die Fußrasten und griff hinter sich, um sich festzuhalten. Earl trat die Maschine an und gab Gas.

Schnell zogen die Nachtdüfte vorüber. Feuchtes Gras, kühler Sumpf, modriges Wasser, harziger Wald. Schnell wechselten die Temperaturen. Mika spürte nicht, wie kalt ihr war. Zu rasch folgten die Straßenschlingen aufeinander, zu sehr war sie damit beschäftigt, sich mit dem Mann vor ihr in die Kurven zu legen, die er ungebremst nahm, in die er sich schwang mit ihr, nach rechts und links in die Tiefe, dem Grund zu, er zwang sie nieder, ein Tänzer, der sein Mädchen fest im Griff hat. Er überwältigte sie mit der Maschine, der Geschwindigkeit, und Mika folgte. Sie neigte sich mit ihm, so tief die rasende Fahrt das erforderte, nur einmal, als er in ein Schlagloch geriet und die Maschine einen Satz zur Seite sprang, durchjagte sie ein Schreck, sie warf die Arme nach vorn, schlang sie um seine Hüften und klammerte sich an ihn, der jetzt schneller fuhr und schneller.

Im Rückspiegel sah sie das dunkle Visier seines Helms, nicht sein Gesicht, nicht seine Miene. Er war da vor ihr, sie hielt ihn umklammert, und doch schien er ungreifbar. Um ihn war eine große Leere, durch ihn wehte ungehindert der Wind. Ein Vakuum, so kam es ihr vor, das sie aufsog, verschluckte und in ein anderes Leben katapultierte.

Die Straße streckte sich in eine Gerade, er drehte weiter auf, und sie, als wollte sie anwachsen, klebte an ihm. Bald würde es so weit sein. Sie kamen an eine Abzweigung. »Sonnensee 6«, las Mika schwarz auf gelb, doch Earl bog in die andere Richtung ab und drehte wieder auf.

»Was machst du? Wir sind falsch«, schrie sie in den Fahrtwind, doch er schüttelte die Schultern, es kam ihr vor, als hörte sie ihn lachen.

»Ich kenne eine Abkürzung.« Und sie fasste ihn wieder fester, schloss die Augen und ließ sich wiegen in der Dunkelheit. Wieder bremste er und bog in einen Waldweg ein. Tief fuhr er dem Nadelwald zwischen die fahlen Stämme.

»Was machst du?« Und jetzt die Angst. Er sagte nichts.

Da hätte ich abspringen können, dachte sie später, in diesem Moment, denn er konnte nur Schritttempo fahren und musste sich auf den holprigen Weg konzentrieren. Doch sie blieb sitzen. Tiefer und tiefer fuhren sie in den Wald hinein. Da antwortete er endlich.

»Ich muss schiffen.« Noch irrlichterte der schwankende Strahl des Scheinwerfers umher, streifte die Stämme, stach ins Dunkel, verlor sich im schwarzen Grün, bevor er sich an die aufgeworfene Rinde einer Tanne krallte, sich in der Nacht verlor, wieder über einen Baumstamm zitterte, ins Dunkel rutschte, fort und fort. Bis der Motor verstummte, Earl die Maschine abstellte, das Licht ausdrehte und abstieg. Sofort schwang Mika sich vom Sozius. Der Waldboden unter ihren Füßen bebte etwas.

Ein Rauschen über ihr in den Wipfeln. Die Tannen bewegten sich kaum merklich, ächzend bog sich die dunkle Wand des Waldes. Mika sah nach dem Mann, der sich jetzt auszog.

»Helm, Handschuhe, Jacke. Das brauchst du doch nicht alles auszuziehen.«

»Stimmt eigentlich.« Er lachte wieder. Das Geräusch der sich öffnenden Druckknöpfe, als er den Nierengurt abnahm.

Dann war es still.

14

Wer reitet so spät Nacht schon jedoch kein Wind weit trägt die Stille jeden Laut fest liegt die leichte Barke schaukelt wiegt sich auf dem spiegelglatten See die Meerjungfrau betrachtet müd ihr Antlitz lässt die Zöpfe fallen taucht die Pinsel in den Teich und Männer treiben die Maschinen so sanfte Augen im Lederhandschuh sanftesanfte Hand blaue Rauchfahnen streifen den Rücken nebeln aus silbernen Auspuffen würgen der König ein Märchenprinz ein Jüngling noch und unbehaart der milde feingliedrige wie Erlenholz so biegsam rötlichgelb Oluf reitet Erlolf schreitet zur Tat Zeit keine Zeugen und der Hase ahnungslos wie immer schöne Spiele bunte Blumen auch ein goldenes Gewand lala vergoldet durch das Zauberwasser auch die Haarpracht unter einem Tuch versteckt der Mann im Schlammgrund nackter wilder Mann nimmt ihre goldnen Bälle packt sie auf seine Schulter nimmt sie in den Wald und legt sie in ein Bett aus Moos der Eisenhans weiß alles und schüttelt sein struppiges Haupt lackglänzend seine Rüstung schwarz und goldbekrönt der König zwingt sie mit den Schenkeln ein falber Elf ein elfenbeinharter der keiner Fliege nicht nein sicher nicht sieh zu wie er die Karten mischt und sieben vier dreimal die sechs und elf helfant die Stoßzähne sich ausbeißt helas hilf hilf mir in meiner Nacht gelbrot pfählt Erlenholz steckt Erlkönig er ein Leids bricht seinen Stab und reitet die Maschine aufgespritzt in Schwarz und Gold das eine das geheime Wort das alle Männer kennen die Nebelsäulen steigen aus dem Sumpf der Lichtungen die Hasen backen Küchlein sagen sie.

15

Es war früher Morgen, und die Wasseroberfläche lag reglos, als sei sie aus schwarzem Glas gegossen. Dahinter stand dunkel der Wald. Die Sonne langte noch nicht über die Wipfel, kalt und abweisend ruhte der See. Einzelne Spinnwebfäden flogen über ihn hin. Sehr selten war ein einzelnes Flügelschlagen oder ein Rascheln im Unterholz zu hören. Mika kauerte am Wasser und sah zum anderen Ufer hinüber. Sie hockte auf den Fersen, die Knie unter dem geschlossenen Parka eng an die Brust gezogen, und hielt sich mit den Armen umschlungen.

Gegenüber kam ein Junge angerannt, kehrte wieder um, lief am Ufer hin und her, warf die Kleider ab, hechtete in den See und kraulte mit raschen Schlägen hinaus. Nick. Hell schäumte das Wasser hinter ihm. Ohne sich umzusehen, ohne innezuhalten schwamm er geradewegs auf sie zu. Mika duckte sich, doch im Ufergebüsch hockend, war sie für Nick nicht zu sehen, der jetzt, in der Mitte des Sees angelangt, sich umwandte und zu dem blassgelben Zelt hinüberblickte, wo sich Leben regte. Der Reißverschluss stand offen, ein Mädchen kroch heraus, gähnte, streckte die Arme in die Luft und trat ein wenig vor und sah sich nach jemandem um. Sie trug einen hellen Strickpullover und orangefarbene Pluderhosen. Verfilzte Haarsträhnen fielen ihr in die Stirn. Als wollte sie den Himmel blank wischen, winkte sie Nick in einer weit ausholenden Armbewegung zu, und er schickte einen Juchzer übers Wasser. Mika beobachtete die beiden mit brennenden Augen. Das Mädchen drehte sich um und klapperte mit einem Blechtopf. Nick schwamm mit raschen Armbewegungen zurück. Kaum kräuselte sich die Oberfläche des Sees, als der ihn in seinen Armen wieder zurück ans Ufer trug. Über die Tannenwipfel hinweg tasteten die ersten Sonnenstrahlen nach Mika und liebkosten ihr Gesicht. Sie saß ganz still und schloss die Augen. So tat es weniger weh.

Am anderen Ufer gingen Gestalten auf und ab, die sie noch nie gesehen hatte. Ihre Brüder waren darunter, doch die Mädchen, die sie bei sich hatten, kannte Mika nicht. Zwei von ihnen, lange, dünne Wesen mit ebenso langen, dünnen Haaren, im Bikinioberteil und mit Schlaghosen, stakten umher, ziellos, wie Mika schien, und ohne etwas zu tun. Eine trug einen großen Strohhut mit weicher Krempe, die ihr über die Augen fiel, die andere eine kleine Sonnenbrille mit runden Gläsern. Auf einmal umarmten sie sich, lösten sich wieder voneinander, traten ans Wasser, streckten einen Fuß hinein, zappelten, bogen sich und hielten sich, als kicherten sie, die Hand vor den Mund. Mika folgte ihnen mit den Augen und hob dann den Blick und sah direkt in die Sonne. Das hatten sie und Nick als Kinder gespielt: Wer länger in die Sonne schauen konnte. Sie hatte fast immer gewonnen. Ihr gefielen die schwarzen Scheiben, die sie danach sah, und das Schwindelgefühl, die Benommenheit, bis das Geblendetsein wieder nachließ.

Gegenüber brach jetzt Lärm los. Sten war aufgesprungen und lief in großen Sätzen nackt über die Wiese. Die beiden Twiggys rannten schreiend hinter ihm her. Eine der beiden hatte etwas in der Hand. Eine grüne Plastikflasche. Sie holten Sten ein, versuchten, ihn zu stellen, die mit der Flasche sprang ihm auf den Rücken, die andere hielt ihn von vorn fest umarmt. Sten riss sich los, schüttelte seine Last ab und rannte wieder zurück zu den Zelten, die beiden folgten ihm, drängten ihn ans Ufer, er versuchte zu entwischen, doch sie zerrten ihn mit viel Gespritze ins Wasser. Platschend ließ er sich fallen. Wieder sprang ihm eine auf den Rücken, die andere schüttete Shampoo auf sein Haar und griff mit beiden Händen hinein. Sten schrie. Kurz darauf hatte er einen riesigen Turban aus Schaum auf dem Kopf. Die Mädchen tauchten ihn unter, schäumten ihn noch einmal ein, wuschen sein Haar. Nick stand dabei und lachte. Sten rappelte sich hoch, packte die Mädchen, tauchte sie unter, kam wieder an die Oberfläche, schüttelte sich wie ein Hund und stieg aus dem Wasser. Auch er lachte. Das Mädchen mit den orangefarbenen Pluderhosen ging zu den dreien hin und begann mit vorgeneigtem Oberkörper auf sie einzureden. Dabei hob und senkte sie die Hände in einer Geste der Hilflosigkeit und deutete schließlich mit dem Zeigefinger auf das Wasser. Nick trat hinzu, legte den Arm um das Mädchen und zog es weg. Ein weißes Fleckenmuster trieb auf den See hinaus. Als spiegelte der Sommerhimmel seine Wolkenfelder.

Mika sah wieder in die Sonne. Die kam und ging, und es dauerte lang, bis die schwarzen Flecken erschienen und sie den Blick senken musste. Sie weinte, wehrte sich dagegen, wollte es nicht.

Sie hatte sich unter einer Weide ein wenig eingerichtet. Den Schlafsack ausgebreitet, den Parka zum Kissen gerollt, hielt sie das Buch aufgeschlagen in der Hand, doch sah sie die Wörter mehr an, als dass sie sie las. Mika erkannte die Geschichte nicht wieder.

»Sie trat ein – ganz in Schwarz, mit einem blassen Gesicht – und schwebte in der Dämmerung auf mich zu. Ich bemerkte, dass sie nicht eigentlich jung war – ich meine, nicht jungmädchenhaft. Sie besaß eine reife Befähigung zur Treue, zum Glauben, zum Leiden.«

Das Aufheulen eines Motors zerriss die Stille. Kein Düsenjäger, ein Motorrad, eine schwere Straßenmaschine. Der Gashebel wurde im Leerlauf hochgedreht, wieder und wieder heulte der Motor auf, dann wurde sie abgebockt, der Gang rastete ein, und die Maschine näherte sich dröhnend. Mit rasendem Puls sprang Mika hoch und rannte los. Vom Seeufer weg, barfuß, hakenschlagend in den Wald, wo sie sich hinter eine dicke Tanne stellte, das klopfende Herz an den Stamm drückte, den Baum umklammerte, die Hände im Harz.

Nick stand ihr gegenüber am anderen Ufer, die Augen mit der flachen Hand beschattet, und spähte herüber. Er musste sie gesehen haben, fast war sie froh darüber. Das Motorrad, wieder im Leerlauf, heulte noch einmal auf, dann spuckte es und wurde abgewürgt. Jetzt sah sie es etwas entfernt von den Brüdern und den Mädchen stehen und daneben einen Mann in Lederkluft. Er hatte ein rotes Stirnband in den Haaren und trug die Lederjacke offen. Darunter wölbte sich sein dicker Bauch. Mika rutschte am Baumstamm hinunter, schlug die Hände vors Gesicht und schluchzte. Es war nicht Earl.

Nick warf seine Schlappen weg, sprang mit den Shorts in den See und kraulte zu ihr herüber. Als er vor ihr aus dem Wasser stieg, sagte sie sich: Da ist nichts, da ist nie etwas gewesen. Und lachte.

Sie ließen sich am Schattenufer dicht beieinander nieder und platschten mit den Füßen im Wasser. Nick legte den Arm um Mika und drückte sie an sich. Sie entzog sich ihm.

»Du machst mich ganz nass.«

»Du riechst komisch, wonach riechst du?« Er schnupperte an ihren Haaren und, sie wusste, dass sie jetzt lachen sollte, an ihrem Gesicht.

Ihr Körper spannte sich, sie biss die Kiefer aufeinander. Sie musste schlucken und schlucken und griff sich mit der Hand an die Kehle, hielt sie vor den Mund, damit Nick die gesprungenen Lippen, die wieder bluteten, nicht sah. Er schaute auf ihre Hände und Arme, die Kratzer und Risse, entdeckte sicher auch die Flecken am Hals, wo sie gebissen worden war. Mika beschäftigte sich mit ihren Fußsohlen, in die die trockenen Tannennadeln ein Muster rötlicher Punkte gebohrt hatten. Hydra, Corvus, Auriga, Lynx. Auch ihre Füße und Unterschenkel waren von Schrammen bedeckt. Nick sah sich um.

»Bist du allein? Ist jemand bei dir? Ist dir jemand gefolgt?«

Sie schüttelte den Kopf.

»Sieh mich an, Mick.«

Sie versuchte ein schiefes Lächeln, es gelang ihr nur eine Grimasse.

»Was ist passiert?«

Sie schüttelte den Kopf und ließ ihn wieder hängen. Stumm saßen sie da und sahen aufs Wasser.

»Mick, bitte, du musst mir nichts vormachen.« Und als sie weiter schwieg: »He, ich bin's, Nick.«

»Himbeersträucher. Brombeerhecken. Ich bin gestürzt und hineingefallen.«

Er sah sie zweifelnd an, wartete ab, doch sie sagte nichts mehr. Knäuelte die Hände ineinander. Lange Zeit saßen sie so, er sah aufs Wasser, und sie krampfte die Hände im Schoß. Keiner sprach. Plötzlich, und zuerst völlig lautlos, kam über den Stämmen ein Kriegsflugzeug rasch heran, und der ganze Wald war von Luftdonnern erfüllt. Ein lauter präziser Knall, eine Explosion. Der Düsenjäger durchbrach die Schallmauer. Mika saß mit hängendem Kopf da und weinte. Nick neben ihr wartete ab, bewegte sich nicht, sprach nicht. Als die Kühle aus dem Boden kroch, legte er ihr die Hand auf die Schulter, rüttelte sie ein wenig.

»Komm, ich bring dich zu den anderen.« Und als er sie unter den Schultern fasste und hochzog, sah er ihn. Das Wasser hatte die Uferböschung unterspült und eine Ausbuchtung herausgewaschen, und in ihr trieb, von langschlierigen Wasserpflanzen sacht bewegt, rücklings ein Fisch. Sein Leib war gebläht, und aus dem kleinen Loch an seiner Bauchdecke drängte eine Geschwulst. Rötlich, blumenkohlartig.

»Warte hier.« Nick rannte ein Stück am Ufer entlang und sah ins Wasser, als suche er etwas. Nach einer Weile kam er unverrichteter Dinge zurück, setzte sich Mikas Rucksack auf und reichte ihr, die sofort wieder zurückgesunken war, nachdem er sie losgelassen hatte, die Hand, damit sie mit ihm käme.

Doch Mika konnte sich nicht erheben. Mehrmals knickten ihr die Knie ein, und sie fiel in sich zusammen. So warteten sie noch eine Weile. Nick hatte einen Zweig abgebrochen und stocherte damit nach dem toten Fisch. Mika lag zusammengerollt neben ihm, den Kopf auf dem Rucksack. Das Licht wechselte in ein sanfteres Blau, füllte sich mit Abendrosa.

»Komm.« Nick half ihr aufzustehen, indem er ihren Arm über seinen Nacken legte und sie behutsam hochstemmte. So gingen sie zuerst sehr langsam, dann ein wenig schneller, bis Mika sich losmachte und allein weiterging. Sie umrundeten das Ostufer, die Schuhspitze des Sees, der wie ein riesiger weggeworfener Pantoffel in der Waldfinsternis lag. Der schmale Pfad zwang sie, hintereinander zu gehen. Mehrmals versuchte Nick, in Mikas Rücken sprechend, etwas darüber in Erfahrung zu bringen, was ihr auf dem Weg hierher widerfahren war, aber sie schüttelte nur immer wieder den Kopf und fragte, was er vorhin gesucht habe.

Es seien jeden Tag tote Fische angetrieben worden, sagte er. Er habe nach weiteren Ausschau gehalten, doch keine gefunden. Mika wollte nicht an die hellen Bäuche der toten Karpfen im Fischweiher denken. Schweigend ging sie weiter. Mehrere Male blieb sie stehen, stützte sich auf den Knien ab, sah zu Boden und atmete heftig. Als Nick ihr helfen wollte, schüttelte sie wieder den Kopf, biss die Zähne zusammen und ging weiter.

»Scheiße, was macht die denn hier?« Von den anderen war keiner begeistert, als Nick mit Mika zu den Zelten kam. Sten lief auf sie zu. »Nick!« Und als der einfach an ihm vorbeiging und keine Antwort gab, sagte er: »Ni-hick. Hast du ihr etwa gesagt, wo wir sind?« Nick schüttelte den Kopf. Es war ja wahr. Er hatte ihr bloß eine Postkarte geschrieben. Er hatte den eigenartigen Brüderpakt, sie auszuschließen, von Anfang an nicht richtig gefunden und ihm nur zugestimmt aus Furcht, die beiden Älteren würden auch ihn nicht mitnehmen.

Die Twiggys, die, wie Mika erkannte, Zwillingsschwestern waren, standen da und schauten. Das Mädchen mit der orangefarbenen Hose lag unter einem Baum und blätterte in einer Zeitschrift. Als Nick sich zu ihr ins Gras fallen ließ, blickte sie auf und grub die Hand in sein Haar. Die Zwillinge wandten sich ab und gingen zu einer Gruppe Motorradfahrer, die in der Nähe lagerte, hinüber. Mika sank wieder in die Knie. Hardy brachte ihr eine Decke und etwas zu trinken, und Sten breitete später, als sie schlief, sein Badetuch über sie.

Der schwarze Waldrand erbrach einen hellgrünen Streifen Buschwerk und Gestrüpp ins moorige Wasser. Das Helle versank im dunklen Grün und Mika mit ihm. Still hielt der See seit Hunderten von Jahren, eine Glasfläche auch jetzt, starr wie unter der ersten dünnen Eisdecke, bevor Nick ihm wieder mit Armen wie braune Scherenklingen seine dünne Haut zerschnitt. Weiß quoll der Schaum um den Jungen, und weite Kreise zirkelten ihn ein. Mika war schlecht. Sie wollte aufstehen, wankte, setzte sich, wo sie war, ins Gras, fiel auf den Rücken, kalter Schweiß auf der Haut und ein Nichtatmenkönnen, und wieder sank der Himmel auf sie nieder.

Sabbath Bloody Sabbath. Pausenlos dröhnten Bassklänge, kreischten die Gitarrenriffs, die die abgefrästen Fingerkuppen Tony Iommi der Fender Stratocaster entwanden. Die

Rockergruppe etwas weiter oberhalb am See hatte eine Musikanlage dabei und beschallte mit ihr die Landschaft, während die Brüder darüber diskutierten, ob eine Rockband, und sei es eine englische, zum Zeichen der Provokation die Sigrune aufs Cover setzen dürfe. Zweifach, sodass die Nähe zur SS offensichtlich war. Hardy verneinte dies, Sten verwies auf die keltische Runentradition Englands, Hardy fand das keinen zureichenden Grund für eine derartige Provokation, außerdem nicht zutreffend, da die Sigrune in dieser Form in den zwanziger Jahren erfunden worden sei, Sten fand Hardy spießig und besserwisserisch, Hardy Sten einen verkappten Faschisten.

Nick und das Mädchen bewohnten das einzige Dreierzelt und mussten Mika bei sich aufnehmen. Mika, die nichts mehr hören wollte, kroch in eins der Zelte, wo sie Decken und Schlafsäcke auf sich häufte, und darunter kratzte sie sich die Arme, bis die Wunden wieder bluteten. Nachts bestand sie darauf, in der Mitte zu liegen, und schlang im Schlaf die Glieder einmal um ihren Bruder, einmal um das Mädchen. Die beiden sahen sich über die Schlafende hinweg müde in die Augen, lagen still und fanden doch keinen Schlaf. Gegen Morgen kletterte Nick über seine Schwester weg und legte sich zu dem Mädchen. Sie flüsterten miteinander und küssten sich.

Hardy hüpfte durch das taunasse Gras zu seinem Käfer, stieg ein und startete den Motor. Als er auf den Waldweg einbog, sah er im Rückspiegel eins der Zwillingsmädchen rennen, fuchteln, sie wolle mitkommen. Er drehte sich um, den Arm auf der Lehne des Beifahrersitzes, da sah er Mika. Verschlafen kauerte sie im Fußraum und schlotterte.

»Lass mich mit. Ich will nicht allein bei den anderen bleiben.« Er nickte und legte ihr die Hand auf die Haarkappe. Das Zwillingsmädchen, war es Conny, war es Stine?, sprang herbei und riss die Tür auf. Mika sah zu Hardy hinauf und legte den Finger an die Lippen.

»Fährst du ins Dorf?«

»Ich will eine Zeitung und was zu essen holen.«

»Klasse. Ich komm mit.« Hardy brummte etwas; der Zwilling, es war Conny, stieg ein und kurbelte das Fenster herunter. Als sie eingekauft hatten und, bereits auf dem Rückweg, an der einzigen Telefonzelle vorbeikamen, bat er Conny, die ein grün-rot-weißes Wassereis lutschte, zu warten und rief die Mutter an, um ihr schwitzend zu erklären, dass mit Mika alles in Ordnung sei, obgleich er wusste, dass das nicht stimmte. Etwas hielt ihn davon ab, sie, die er so gern wieder losgeworden wäre, dem Alleinsein bei den Eltern auszuliefern. Also versicherte er, auf sie aufzupassen und sie am Ende der Ferien mit nach Hause zu bringen. Mit hängenden Schultern trat er aus dem gelben Metallgehäuse und wischte sich über sein nasses Gesicht. Conny, die am Auto lehnte, schob sich das Dolomiti bis zum Holzstiel in den Mund und zog es langsam wieder heraus.

»Unser Vater ist unterwegs, er will zwei Gerichtsverfahren anstrengen und sitzt dauernd beim Anwalt. Mutter hat den Kleinen aus dem Krankenhaus geholt. Auf dem Heimweg hat er ihr das Auto vollgekotzt, da musste sie umdrehen und ihn zurückbringen. Jetzt behalten sie ihn auf unbestimmte Zeit da. Sie ist ein Nervenbündel, völlig am Ende.«

Er sagte es mehr zu sich selbst als zu dem Mädchen, das dicke weißliche Tropfen vom Eisstumpf leckte und ihn fragend ansah. Mika kauerte im Fußraum und sah unbeteiligt vor sich hin.

»Sie haben nicht einmal gemerkt, dass sie weg ist.«

»Scheiße.« Ein grüner Klumpen Eismasse rutschte über Connys Finger und fiel auf den Boden. Sie sog den zerfließenden Rest vom Holzstäbchen und warf es hinter sich. »Ich will zurück zu den anderen.«

Auf dem Weg zum See folgte ihnen eine Gruppe Motorräder. Hardy beobachtete sie im Rückspiegel, bis sie ihn auf einer Geraden eines nach dem anderen überholten. Die Fahrer saßen tief in den Maschinen, an den Ärmeln ihrer Motorradjacken flatterten lange Fransen, manche fuhren in ärmellosen Lederwesten und ließen ihre tätowierten Oberarme sehen. Fast alle trugen statt eines Helms Sonnenbrillen mit verspiegelten Gläsern und ein farbiges Stirnband. Conny reckte den Oberkörper aus dem Seitenfenster und winkte mit beiden Armen. Hardy zählte elf Maschinen, auf manchen saßen zwei, doch nur wenige hatten Frauen auf dem Sozius. Sie drehten auf und verschwanden im Wald.

Wieder zurück am See balgten die drei Brüder am Ufer, während Mika mit leerem Kopf in der Sonne saß und sich darin übte, nichts zu fühlen. Da sahen die drei sich an und sagten zueinander: »Jetzt kommt sie weg.«

»Sag ich doch. Beine ihr, Arme ich.«

»Alles klar. Eins, zwei.«

Und hielten Mika fest, packten sie an Armen und Beinen, hoben sie hoch, schwangen sie – »drei, vier« – hin und her und warfen sie – »fünf, sechs« – in hohem Bogen ins Wasser. Es war eine Sommerkabbelei aus der Zeit am Fjord. Damals hatten sie Mika wie einen Sack ins Meer geworfen. Doch diesmal kreischte sie nicht, und als sie wieder auftauchte, wandte sie sich ab und schwamm weit den See hinaus.

Anderntags begann es wieder zu nieseln. Es war der regnerischste Sommer des Jahrhunderts, und aus den vermischten Meldungen las Hardy vor, dass in manchen Städten Demonstrationen gegen das Wetter stattfanden. »Wochenlang nur Nass und Sturm, der Mensch ist doch kein Regenwurm«, stand auf den Transparenten, die die Demonstranten in gelben Regenjacken vor sich hertrugen. Das fand Hardy nur folgerichtig, Nick lachte und meinte, er spinne, das sei ungefähr so, als würde man ein Gerichtsverfahren gegen Gott anstrengen. Der große Bruder, der für die Demonstrationsfreiheit argumentierte, wusste auch gleich von einer weltpolitischen Konsequenz der Regenperiode und rief, weil alle durcheinanderredeten: »Hört doch mal zu«, begann zu zitieren: »Zwischen Schauer-Duschen von Sylt bis zum Alpenrand, bei herbstkühlem Wind und Seewassertemperaturen um siebzehn Grad Celsius fühlen sich Deutschlands Urlauber um den Sommer betrogen – sie flüchten nach Süden. Das Wetter-Desaster signalisiert eine Klimawende, die in vielen Weltregionen bald die Gefahr von Hungersnöten verschärfen oder zu Wirtschaftskrisen führen kann.« Triumphierend warf er die Zeitschrift ins Gras. »Na, was sagst du jetzt?«

Nick fehlten wie so oft die Argumente dem großen Bruder gegenüber, und so schwieg er.

Stine, die nachts zu den Motorradfahrern hinüberschlich und mit ihnen feierte, behauptete, sie warteten auf eine

Gruppe Hells Angels, um sich auf den Weg nach England zu machen zu einem der Rockfestivals, Reading oder das Windsor Great Park in Berkshire oder beide, und dass sie und ihre Schwester mitfahren würden. Sten gab sich, als ginge ihn das nichts an, zog hastiger an der Zigarette, spuckte mit abgewandtem Gesicht Tabakkrümel ins Gras. Er war in Stine verliebt. Dessen war Mika sich sicher. Er war der Einzige, der sie von Conny unterscheiden konnte.

»Soon the festival starts and we will be there to join in and have fun«, plapperte Stine jetzt in einem Popenglisch, zusammengekramt aus Abba-Songs und *Bravo*-Heften, und sprang auf. »Yeah«, schob sie gedehnt hinterher und schwang die Arme über dem Kopf hin und her. »Hu-hu-hu-hu, Waterloo, finally facing my Waterloo.«

Sten drückte seine Kippe an die Rinde eines Baums und schnippte sie dann in Stines Richtung.

Es regnete nicht, doch das Gras war nass und die Luft so kühl, dass man frühmorgens den Hauch vor den Lippen sah. Feuchtigkeit, Matsch und Kälte. Die Tage verstrichen, und jeden Morgen begannen sie eine neue Diskussion darüber, ob sie bleiben oder das Zeltlager abbrechen sollten, und jeden Morgen kamen sie zu dem Schluss, noch einen Tag abzuwarten. Das Gras war zertrampelt, und unter der offenen Narbe kam das Erdreich hervor. Schlafsäcke, Kleider, Badetücher, Zeltplanen, Decken, Schuhe. Alles war feucht und klamm.

Mika saß meistens allein und kratzte die verheilenden Risse an ihren Armen wieder auf. Manchmal lachte sie laut, und da dachten die anderen, es ginge ihr wieder gut.

Procol Harum, 10cc, Thin Lizzy, Heavy Metal Kids. Die Zwillinge schwärmten von den Bands beim Festival, von denen sie, wie Mika gehässig dachte, außer Barclay James Harvest sicher keine kannten. Sie wünschte sich, das Pluderhosenmädchen solle an Stines statt mit den Rockern mitfahren. Wie jeden Morgen war es schon früh aus dem Zelt geschlüpft, hatte seine Runden im See gedreht und war nun mit Nick auf einem ihrer langen Waldspaziergänge verschwunden, bei denen sie keinen dabeihaben wollten, sie würden botanisieren, behaupteten sie, und alle lachten.

Die anderen hingen herum, rissen Grasbüschel aus, sprangen ins Wasser und schwammen durch den Regen über den See. Kurz vor Mittag begannen sie, Bier zu trinken, Sten drehte Zigaretten aus Tabak und Marihuana, das Stine irgendwo besorgt hatte, dünne Rauchfäden stiegen zwischen seinen Fingern auf, er reichte den Joint weiter, die Zwillinge sogen kichernd, inhalierten und pressten den Rauch in die Lungen. Mika lag auf ihrem Parka im Gras, blinzelte in den weißgrauen Himmel, der sich über ihr blähte wie eine Kaugummiblase, die platzte, auf sie niedersank, sich wieder blähte, platzte, niedersank. Ein Loch ins Blech stoßen mit der Spitze des Taschenmessers, das dickliche Weiß aus der Milchdose saugen, das saure Etwas aus dem Mann saugen. Ein Geschmack wie vergorene Milch. Bitter.

Ihr schwindelte. Sie sprang auf, stolperte ans Ufer, zerrte sich die Kleider vom Leib und sprang in den See. Im flusigen Hellgrün tauchen, nackt, den Mund, die Augen weit geöffnet, Wasser geht in sie hinein und durch sie hindurch. Treten, sich vorwärts stoßen, sich strecken, mit kräftigen Schlägen nach vorn greifen, sich am Wasser festkrallen, es in sich hinein- und durch sich hindurchlassen. Sich fluten und auswaschen, das Klebrige, den Ekel über sich selbst, der Brocken für Brocken sich in ihr türmte als das Geröll, das Mikagestein ihrer dummen Waghalsigkeit. Achtsam sein, sich hüten müssen, Mädchen sein, im Wartesaal, sie weiß es jetzt, wusste es schon lang, wollte es nicht sein. Abenteuerfahrt ins Ungewisse, das war es, was sie wollte.

16

Die Tage schleppten sich dahin. Es wurde heller, und wieder schimmerte eine Ahnung von Sommer durch die Wolkendecke. Sie hängten die Schlafsäcke in die Bäume, zerrten die Luftmatratzen auf die Wiese, legten sich in die Sonne und mussten sich endlich nicht mehr fragen, ob sie das Zeltlager abbrechen und nach Hause fahren sollten oder anderswohin, und wo das sein könnte. Sie schwitzten, sprachen wenig, sahen aufs Wasser, seufzten und wälzten sich vom Bauch auf den Rücken, von der einen auf die andere Seite. Mika lag abseits, drehte den Finger in die Haare und las schnell in ihrem Buch. Ihre Augen trieben den Blick über die Zeilen, weiter und weiter, sie kannte jede Seite, las sie zum fünften Mal, verstand nicht mehr, worum es Marlow und dem Elfenbeinhändler ging, die Schrift war dieselbe geblieben, die Geschichte war nicht mehr ihre.

Das Mädchen in der Pluderhose saß am Ufer und klimperte auf der Gitarre. Dazu sang sie mit tremolierender Stimme ein Lied von Joan Baez. Die Zwillinge schlugen mit lahmen Bewegungen nach einem Federball, Sten schlief mit zuckenden Lidern in der Sonne, Hardy blätterte im *Spiegel*.

»›Scharenweise hat man sie fallen sehen und keinen so ganz freiwillig: weder die Sozialisten Brandt und Golda Meïr noch die Konservativen Heath und Pompidou, noch die Diktatoren Papadopoulos und Caetano‹«, las er vor. »›Doch kein Drama nahm so shakespearehafte Züge an wie jenes, das am 9. August den achtunddreißigsten Präsidenten der USA, Gerald Ford, in sein Amt trug. Als der Vorhang fiel, fehlten eigentlich nur Tote.‹ – Endlich, hier, hört euch das an: ›Ein Spektakel, fürwahr, dessen Ende spannend genug war, mitten in der Nacht von Donnerstag auf Freitag …‹«

Ein Schwindel und Klopfen in der Mitte der Stirn, ein Affe, der ihr auf dem Schädel sitzt, lässt einen Stein auf sie niedersausen, von Donnerstag auf Freitag, der schwankende Scheinwerferstrahl, die kahlen Beine der Bäume, ein Strahlenmuster die Kronen, sie greifen ineinander, greifen in Mikas Kopf, schneiden in ihren Schädel, stanzen Zacken aus ihrer Stirn, schwärzer war die Nacht nicht als jene, das Knistern des erkaltenden Motorrads, Mika auf den Knien, vor ihr der entblößte Mann, der Affe, den Stein in der Hand.

»›… über die Fernsehschirme von dreizehn europäischen Ländern zu laufen: So als wär's eine Mondlandung, ein Jamais-vu des Jahrhunderts, die Destitution eines Präsidenten der USA. Ein Staatschef, der mächtigste der Welt, per Verfassungsprozess politisch und menschlich auf null gebracht, den nur noch die Selbstabsetzung vor der Absetzung rettete – vielleicht aber nicht vor dem Gefängnis. Erwartete Inflationsrate für 1974: dreiundzwanzig Prozent.‹« Hardys Stimme kippte, als er sich unterbrach, um die Ereignisse zu kommentieren und sein Wissen über den Missbrauch von Regierungsvollmachten auszubreiten, von denen der Einbruch in den Gebäudekomplex Watergate zwar der spektakulärste, allerdings bei Weitem nicht der einzige war, jetzt den amerikanischen Präsidenten zum Rücktritt veranlasste, jedoch nur, um der Amtsenthebung zuvorzukommen.

Sten schlug die Augen auf und krabbelte in den Schatten. »Sag ich schon lang. Eine marode Welt. Korrupt. Tricky Dick Nixon, Brandt, Haile Selassie, Golda Meïr, Südafrika, die OPEC sowieso, und der Iran kauft sich bei Krupp ein. Alle Politiker machtbesessene Schweine.«

»Ja, ja. Aber die Bewegung 2. Juni exekutiert eins ihrer ehemaligen Mitglieder, und Tito lässt sich zum Präsidenten auf Lebenszeit machen. Das sind für dich wohl die guten Menschen.«

»Tito übrigens«, sagte Sten frech, »an dem hätte sich Brandt mal ein Beispiel nehmen können.«

»Du machst es dir einfach. Schon mal von einem Unterschied zwischen Sozialismus und Sozialdemokratie gehört? Das ist blauäugig, die beiden miteinander zu vergleichen.«

»Gerade hast du's vorgelesen: der Sozialist Brandt. Da gibt's doch keinen Unterschied. Und ich dachte, du bist ein aufrechter Streiter der sozialistischen Internationale.«

»Avanti o popolo«, Sten sprang auf und warf eine Faust in die Luft, »alla riscossa«, sang er laut.

Hardy ließ sich nicht beirren. »Die Internationale vertritt aber etwas anderes als den real existierenden Sozialismus wie in der UdSSR oder in Jugoslawien. Siehst du, es ist so«, holte er aus. »Karl Marx hat die Vereinigung der Arbeiter auch international …«

»Evviva il comunismo e la libertà«, beendete Sten den Refrain, warf sich ins Gras und verdrehte die Augen, dann schloss er sie wieder und rollte sich auf die Seite, zum Zeichen, dass er Hardys Vortrag nicht folgen würde. Hardy sah aufs Wasser, nahm dann die Zeitung wieder auf und las mit verbissenem Ausdruck weiter.

»Usted. No es na'. No es chicha ni limoná«, schmetterte das Mädchen, das inzwischen in Chile bei Víctor Jara angekommen war. »Se la pasa manoseando – caramba, zamba – su dignidad«, fiel Nick ein.

Mika saß am Waldrand und beobachtete drei Rocker aus der Motorradgang, die etwas entfernt von ihnen ihr Lager aufgeschlagen hatte. Die drei liefen in der Ledermontur herum und machten viele Gänge. Mika betrachtete sie wie Tiere in einem Gehege. Einer, es war der Dickbäuchige, stellte seine Bierflasche ins Gras, ging dann zu seiner Maschine, startete sie und drehte im Leerlauf am Gashebel, dass der Motor aufheulte. Da sprang Mika auf und rannte zu ihm hin.

»Mach das aus, mach das aus!«

Der Ledermann glotzte sie an, ging dann, ohne auf sie zu hören, zu einem Busch, stellte sich davor, öffnete die Hosen und pinkelte. Das Motorrad röhrte. Mika lief zum Motorrad und griff in den Lenker, der Dicke, flink zur Stelle, packte sie und zerrte sie weg. Mika sackte in seinen Armen langsam zusammen und rutschte zu Boden. Jetzt trat einer der anderen beiden neben den Dicken, ein drahtiger Typ, dem die Schnurrbartenden über die Mundwinkel aufs Kinn hingen, und boxte den Dicken in den Oberarm, der schloss jetzt die Hose, griff sich die Bierflasche, trank und rülpste, trat dann gegen einen Baum, sah nach seiner Harley, die blauen Rauch ausstieß, ging schnell, rannte zurück zu dem, der ihn geboxt hatte, und rempelte ihn aus dem Lauf gegen die Brust, der andere schwankte, fing sich auf, sie gerieten in ein Raufgeplänkel und ließen voneinander ab. Jetzt kroch der mit dem Schnurrbart ins Zelt, kam mit einem weiß getupften Halstuch wieder heraus, drehte es zu einer Rolle und band es sich als Stirnband um den Kopf. Der Dritte, ein bulliger Typ, öffnete derweil die Reißverschlüsse seiner Stiefel und hockte sich mit hängenden Schäften vor seine Maschine, eine BMW R60/6, und betastete die Bremsseile. Er klappte den Sitz auf, sah hinein, klappte ihn wieder zu, drückte dann auf den Anlasser, um sie zu starten und auch, um zu zeigen, dass seine Maschine elektrisch gestartet werden konnte. Die Harley knatterte und rauchte weiter. Als der Bullige sich jetzt an ihr zu schaffen machte, um sie abzustellen, kam ihr Besitzer dazu, das ärmellose Karohemd spannte über seinem Bauch, auf den muskelbepackten Oberarmen zuckten Schlangen. Der mit dem Stirnband hob jetzt den Kopf, horchte in Hardys Richtung, der wieder zu dozieren begonnen hatte, und schrie.

»Shut up. Halt's Maul.« Hardy ließ die Zeitung sinken und sah auf. Dann sprach er mit erhobener Stimme weiter: »He, hast du nicht gehört, Klugscheißer. Halt den Rand«, auf Mika deutend, »und komm, deinen Abfall auflesen.«

Hardy schlug das Heft zusammen und wollte sich erheben, da legte Sten ihm die Hand auf die Schulter und hielt ihn zurück.

»Lass mich.« Hardy schüttelte seinen Bruder ab und stand auf.

»Was hast du gesagt? Wie glaubst du, dass du über meine Schwester reden kannst?« Er machte sich auf den Weg zu den Rockern hinüber.

»Sammel deinen Müll zusammen und halt die Fresse. Wir wollen dein Geseier nicht hören«, wiederholte der mit dem Stirnband.

»Das wirst du zurücknehmen, du bornierter Untermensch«, schrie Hardy jetzt. Sten folgte seinem Bruder in kurzem Abstand.

Hektische Akkorde einer E-Gitarre, gestützt vom schwerfälligen Beat eines Rockschlagzeugs, klirrende Beckenschläge, Basswimmern und ein Schrei, der alles übertönte. Die beiden anderen Rocker hatten die Musikanlage aufgedreht. Mika hob den Kopf und rappelte sich ein wenig hoch.

Stampfender Rhythmus drückte die Klänge in den Boden, darüber gellte diese Stimme: »Killing yourself to li-hive.« Und wurde vom Gitarrensolo abgelöst, endstufenübersteuerte Klangverzerrungen, Rückkoppelungen, Durchbruch zum Grundrhythmus und wieder hektische Akkordfolgen der E-Gitarren.

Der Bullige und der Harleyfahrer hielten die Bierflaschen am gestreckten Arm von sich, warfen die Köpfe, wippten mit dem Oberkörper, stolperten durch die Tempowechsel, meisterten schwankend die taktlosen Klippen der Triolen, stießen mit ernsten Mienen die Flaschen gegeneinander, tranken und schüttelten sich wieder. Peitschenartiges Kopfschleudern. Sie machten alles gleich. Der eine spiegelte sich im anderen. Die Zwillinge ließen die Federballschläger fallen und begannen, ihre Schlangenkörper zu winden,

Gesicht und Augen hinter einem Schleier aus Haaren verborgen. Tony Iommi schrie: »I don't know if I'm up or down, whether black is white or blue is brown.«

Hardy starrte den mit dem Stirnband an. Der ruckte mit dem Kopf, als wollte er etwas loswerden, und wandte sich mit einer wegwerfenden Handbewegung ab. Sten und Nick hatten Mika inzwischen unter den Achseln gefasst und versuchten, sie zu den Zelten zurückzuschleppen. Doch als Hardy sich auf den Weg machte, ihnen zu helfen, sprang der Rocker ihn von hinten an, umklammerte ihn mit den Beinen, von denen die losen Stiefelschäfte herabhingen, und riss ihn zu Boden. Sie lagen auf dem Rücken wie sich paarende Käfer. Mika sah, wie die Schnurrbartenden sich aufrichteten und in der Luft tentakelten. Sie tasteten in Hardys Nacken, bohrten sich in die Haut und öffneten sie für den Stechapparat. Die beiden Kämpfer wälzten sich. Der Rocker rang Hardy nieder, das Gesicht am Hals des Bruders. Biss er ihn? Der dünne Körper begann sich langsam zu blähen. Er klebte auf Hardy wie eine riesenhafte Zecke.

Die Zwillinge verlangsamten ihre Tanzbewegungen und hielten sich die Hand vor den Mund. Nick und Sten setzten Mika ab und liefen zurück, um die beiden Kämpfer auseinanderzuzerren, worauf die anderen zwei Rocker sich auf die Brüder warfen und alle ineinander verknäuelt rauften und sich schlugen. Ein Arm umschlang ein Bein, zwei Hände einen Hals, einer schrie, einer keuchte, eine Faust ging nieder, da blitzte Metall auf. Hardy, der zuunterst lag, schrie auf, die Gitarren überschlugen sich in wimmerndem Wetteifer, eine Messerklinge zuckte aus einem Schaft, Blut verschmierte auf der bloßen Haut der Kämpfenden, verteilte sich auf Hals und Arm des einen, der Schenkelinnenseite eines anderen, verdünnte sich mit Schweiß, tropfte ins Gesicht eines der Jungen und ins Haar eines der Rocker. Sten kämpfte sich frei. Er blutete aus einer Platzwunde an der Augenbraue, die anderen waren mit Kratzern, Schürfungen und Blutergüssen davongekommen. Die Zwillinge hoben die Arme und versuchten, die Kämpfenden auseinanderzuziehen, diese wehrten sich dagegen und scheuchten die beiden unwillig weg.

Mika krabbelte zurück unter den Baum, nahm ihr Buch und sah hinein. Sie klammerte sich an die Buchstabenfolge, als könnte sie sich daran in ein anderes Leben hangeln. Durch die Zeilen hindurch sah sie auf das Geschehen einer anderen Welt. Sie lebte in dieser Welt. Sie lebte das Buch. Sie las das alte Leben. Alles in ihm schien ihr nur erfunden; sie konnte es jederzeit hinter sich lassen und eine andere Geschichte aufschlagen. Und darin leben. Sie sah aufs Wasser. Noch eine Geschichte, noch ein Text. Buchstabenketten hielten ihn zusammen, schlossen die Fiktion, die ihr Leben war, aus. So schlug sie das eine Buch zu, öffnete ein anderes, so wurde ihr die Welt eine einzige große Fiktion und Mikas einzige Sicherheit die, daraus heraustreten zu können, indem sie ein Buch aufschlug und las. Lange saß sie ohne sich zu regen und bewegte nur den Finger um die Seite umzublättern. Dann legte sie das Buch weg, zog sich mit überkreuzten Armen den Pullover und das Frotteekleid über den Kopf und stieg nackt in den dunklen See.

Langsam schwamm sie hinaus, tauchte unter, tauchte mit glänzendem Haar wieder auf, drehte ab und schwamm weiter in langen Zügen den grünen Rücken des Sees hinauf. Sie schlängelte mit dem Körper, schlug mit den geschlossenen Beinen das Wasser, trieb sich mit der Fluke voran. Meerjungfrau. Rockmusik dröhnte in die Stille des Waldnachmittags.

In der darauffolgenden Nacht begann es wieder zu regnen, und gegen Morgen packten die Rocker zusammen. Im spärlichen Licht der Scheinwerfer und Taschenlampen bauten sie die Zelte ab, verstauten ihre Sachen, starteten die Maschinen und tobten davon. Ziel Oostende, wo sie den Ärmelkanal überqueren wollten, um von Dover aus zu den Festivals in Südengland zu fahren. Mit sich nahmen sie das Zwillingsmädchen Stine und, das bemerkten die Geschwister erst am nächsten Morgen, auch das Mädchen, dessen Namen keiner kannte.

Nick lief am Ufer auf und ab, rannte zum Waldrand mit nach oben gedrehten Handflächen, als wolle er eine Eingebung empfangen, als wolle er dem Mädchen ein Geschenk nachtragen, ging in den Wald, folgte dem Weg, der zur Straße führte, und verlor sich zwischen den Bäumen. Hardy schlug mit einem Stecken aufs Gras und dozierte. Er habe keinerlei Affinität des Mädchens zu einem der Motorradfahrer, zu deren Lebensstil oder Gebaren auch nur in Andeutungen feststellen können. Sten suchte vor allem nach einem Grund, um Stine folgen zu können.

Mika glaubte nicht an einen Zusammenhang zwischen dem Verschwinden des Mädchens und der Abreise der Rocker. Doch ihre Brüder kamen schließlich zu der Überzeugung, das Mädchen sei von der Gang entführt worden. Mika rollte die Augen.

»Dann fahrt hinterher und befreit die Prinzessin.« Sofort, nachdem ihr das entschlüpft war, schlug sie sich auf den Mund, um sich am Weiterreden zu hindern, und auch, um das Lachen zu verbergen. Sie kicherte noch, als die Autotüren zuschlugen, und die beiden losfuhren, um das Mädchen zu suchen. Da kam Conny heulend aus dem Zelt und rannte dem Auto schreiend nach. Sie schwenkte die Arme über dem Kopf, hielt dann, als die Rücklichter zwischen den Bäumen verschwanden, mit hängenden Armen, Haaren, Schultern inne und schluchzte. Mika stand daneben und lachte immer noch.

Minuten später kam der Käfer im Rückwärtsgang, Schlangenlinien fahrend, wieder zum Vorschein, bremste abrupt, Sten stieg aus, klappte die Lehne um, und Conny verkroch sich im Wagen. Mit durchdrehenden Reifen fuhr er wieder los.

17

Es war still geworden am See. Alle waren weg. Um Mika her herrschten plötzliche Einsamkeit und große Unordnung. Sie streifte über das verlassene Gelände. Bierflaschen, Papiere, Zigarettenstummel lagen herum, Metallteile der Motorräder, ein Schraubenschlüssel, das Zelt der Zwillinge hing mit eingenicktem First an lahmen Schnüren, daneben der helle Fleck ausgeblichenen Rasens, den das Zelt der großen Brüder hinterlassen hatte. An einem Ast hing noch ein tarnfarbener Schlafsack, unter der Weide lag ein nasses Handtuch.

Mika ging ans Ufer und hockte sich ans Wasser. Der See lag reglos, nicht der leiseste Hauch brachte seinen dunklen Spiegel in Unruhe, ihr war, als sei alles erstarrt, als hielte die Erde den Atem an. Sie saß auf einer erkalteten Anhäufung geschichteter Gesteinsplatten, und alles, was auf dieser geduldigen Kruste wuchs, wandelte sich und zerfiel, auch sie, während, langsam wie Schildkrötenpanzer, sich die Erdplatten übereinanderschoben, sich auffalteten und umherdrifteten, als lebten sie, und tief in ihnen die Gesteinsglut gloste und noch tiefer unter Kruste und Glut das flüssige Erdfeuer tobte. Tot schien ihr, was lebte, lebendig, was tot war. Unbelebtes Wachsen der Bäume, lebendige Bewegungen des Gesteins. Allein auf schwankendem Grund war ihr alles unsicher geworden, und eine Beklemmung griff ihr ins Herz.

Sie wünschte sich, Nick käme zurück. Nick wäre da. Der Kleine bliebe für immer weg, er sollte sterben, ja. Die Zukunft würde beginnen in seinem Sterben und sie, die das mit solcher Kraft wünschte, dass ein Brechreiz sie würgte, würde mitansehen, wie sein kleines Leben erlosch, wie der Tod des Kleinen das Ende der Kindheit besiegelte. Ihrer, Mikas Kindheit, Nicks Kindheit, seine auch. Der Kleine aber würde für immer ein Kleinkind bleiben. Der Tod würde seine Kindheit zu einer immerwährenden machen. Ihm bliebe erspart, was ihr bevorstand, wonach sie sich sehnte, seit sie erfahren hatte, dass er krank war, und seit der Wunsch seines Todes in ihr entstanden war. Das Ende der Kindheit. Er sollte kommen, schnell jetzt, der Tag, der ihre Kindheit beendete, und was sie dazutun konnte, das tat sie, furchtlos und schnell. Ellen, Earl, Nick. Liebe. Es ging nicht um Liebe. Es ging um einen neuen Körper. Es war die Verwandlung vom Fisch zum Vogel. Ein Hochschnellen, ein Sprung über die Grenze zwischen Wasser und Luft. Fliegen lernt man nicht, indem man fällt, dachte sie. Sondern indem man springt. Hoch hinauf, dorthin, wo einem Flügel wachsen. Das ist nichts, was man, wie sie in der Schule sagen, lernen kann, sondern eine Mutprobe. Ein Wagnis. Sich aussetzen und über eine Grenze springen, nicht wissend, wo man ankommen wird, und ob es einen dann noch gibt.

Tief war sie in ihre Gedanken versunken, als Nick zurückkam und sich neben sie fallen ließ. Wieder saßen sie beieinander und sahen aufs Wasser. Am Zucken seines Körpers merkte sie, dass er weinte. Sie hatten einander immer alles erzählt. Das glaubte zumindest Mika. Und so redete sie. Weißt du noch?

Wie sie die Taschenuhr gefunden hatten in der Löwenzahnwiese vor dem Haus, Gehäuse, Deckel, Ring, Zifferblatt, aufgefächert wie ein feuchtes Buch? Wie sie sich bis zum Abend einen geeigneten Ort als Versteck überlegen wollten und sie zuletzt, als die Gurke sie zum Abendessen rief, in einen Gully warfen, weil sie stritten und nicht einig wurden? Wie sie im Bad, als sie sich mit kratzigen Waschlappen den Hals wuschen, es bereuten und überlegten, wie sie das Uhrgerippe wieder aus der Kanalisation fischen könnten, und es am anderen Tag mit Magneten aus dem Legokasten versuchten. Weißt du noch. Wie sie nacheinander riefen im Schlaf. Nick weinte. Wie bei der Schwester Hildefonsa im Kindergarten keiner reden durfte und sie eine Geheimsprache erfanden, aus Blicken und Gesten, während sie an Metallklammern befestigte Papierstreifen in ein farbiges Blatt einzogen, dünne Papierteppiche woben und in ein Heft klebten, und weißt du noch, wie der Vater diese Hefte, in die sie auch das Pfingstwunder, die Auferstehung Christi und den heiligen Sankt Martin gezeichnet hatten, im Garten verbrannte, wütend über das, was er gesichtslos, ausdruckslos und ohne Persönlichkeit, kurz Kunsthandwerk nannte. Weißt du noch, wie wir geweint haben, fast wie du jetzt, und wie sie nicht wussten, ob über die Zerstörung unserer Fleißarbeiten oder die Geringschätzung unserer Anstrengungen. Er aber hatte gewettert, dass sie gleich die Prilblumen hätten abzeichnen können, die hätten wenigstens so etwas wie Gestaltungswert.

»Sie ist nicht mit den Rockern mitgefahren, Mika.« Nick schniefte. »Ich weiß es.«

»Nick, weißt du noch, wie wir uns abwechselnd in dieses Laufgeschirr aus langen Bändern geschnürt und mit einem Peitschenstecken in der einen, die Zügel in der anderen Hand uns voreinander hergetrieben haben unterm alten Birnbaum und uns auf den Rücken geschlagen haben, störrische Esel, die wir waren, und gewetteifert, wer mehr Schläge aushält, bevor er davongaloppiert, und der andere, der Kutscher, ihn zügelt und weiterpeitscht, weißt du noch? Und abends haben wir die Striemen gezählt und sind auf dem Bauch gelegen und haben nicht geschlafen. Wie Hildefonsa uns im Advent die brennenden Kerzen hat halten lassen beim Morgengebet und uns das flüssige Wachs über die Fingerspitzen gelaufen ist, und wir nicht gezuckt haben. Nichts war schlimm.«

Sie waren auf dem Nachhauseweg auf dem Bürgersteig gesessen und hatten Kaugummireste von der Straße gekratzt; die kauten sie zusammen mit ein paar Sandkörnern, die Sensation des faden Pfefferminzaromas auf der Zunge.

»Cola, Comic, Kaugummi: kulturlos, amerikanisch und verboten, weißt du noch?«

Nick sah aufs Wasser. Mika redete.

Wie sie mit Kreidesteinen auf die Straße malten und einmal ein Stück Hundekot erwischten? Und Spulwürmer bekamen von dem Dreck, den sie aßen. Und wie die Bande aus der Stettiner Straße ihnen auflauerte und sie lange Umwege machten und die sie doch erwischten, immer wieder fingen und verhauten. Weißt du noch, »vertöffeln« nannten es die Halbstarken. Abends lagen sie und flüsterten in die sinkende Dämmerung und immer mehr fiel ihnen ein, bis die schlafwarme Dunkelheit ihnen die Augen zudrückte und sie fortschwemmte in die Nacht.

Jetzt lagen sie wieder in der Dunkelheit. Allein. Die anderen waren nicht zurückgekommen. Und Mika redete noch immer. Sie sah in das gleichschenklige Dreieck der Zeltplanen, den glatten Stab der Firststange über sich. Nick wollte über das Mädchen sprechen.

»Wie heißt sie überhaupt?«, unterbrach Mika ihn unvermittelt. Er gab ihr keine Antwort, wiederholte nur immer wieder, er glaube nicht daran, dass sie mit den Motorradfahrern mitgegangen sei. Sie habe sich so gut ausgekannt im Wald, die Namen aller Pflanzen und Käfer gewusst. Ganz sicher sei sie in den Wald gegangen, weil ihr alles zu viel geworden sei. Auch er. Bestimmt habe sie auch von ihm genug gehabt. Und dann, fast flüsternd: Sie hätten sich gestritten.

»Nick.« Mika sagte leise seinen Namen. »Die Uhr. Erinnerst du dich? Ich hab sie wieder aus dem Gully gefischt.« Nick gab keine Antwort. »Sie ist im Baumhaus. Wenn du möchtest, schenk ich sie dir, sie hält die Zeit an, seit wir im Kindergarten waren.«

Er sah sie von fern her an, und sie fühlte sich wie ein kleines Kind. Sie blickte ihn an. Das Helle der Zähne und Augen leuchtete in seinem Gesicht, sein Blick rutschte auf ihr umher, dann weg.

Mika wollte ihn zum Lachen bringen. Sie warf sich auf ihn, rangelte ihn auf den Rücken, legte sich auf ihn, versuchte, ihn durch den Schlafsack hindurch zu kitzeln, schlang die Arme um seinen Hals, presste sich an ihn. Er sollte es wegmachen. Wiedergutmachen. Dass alles war wie vorher. Den Mund an seiner weichen Wange, murmelte sie in sein flusiges Haar: »Ich hab dich so gern. So lieb. Mein Nick.« Und sprach es aus, einfach so. »Ich liebe dich.« Und verstummte.

Er lag da, steif, ohne zu atmen, ohne sich zu rühren, und augenblicklich wurde es eisig um sie, kroch Kälte durch die Lagen ihres Schlafsacks über ihren Rücken und packte sie am Nacken. Nick lag da, starr wie eine Gliederpuppe aus Holz, und ließ die Zärtlichkeiten über sich hingehen. Mika auf ihm, lästig wie ein Insekt, das vom Baum herab auf seinen Bauch gefallen, nein gesprungen war, und das sich an ihn klammerte mit den stecknadelspitzenkleinen Widerhaken der Klauenbeine und die bösen Mundwerkzeuge in ihn bohrte, das waren Mikas Zähne, die sich in seinen Hals gruben, gerade unter dem Ohr. Und als er weich und warm ihre Zunge fühlte, löste sich die Starre, er fasste sie an den Armen, öffnete sie mit einem Ruck und riss sich los.

Er kroch zum Zeltausgang, wo er sich aufsetzte, den Reißverschluss öffnete und hinaussah. Die kalte Nachtluft fasste Mika ins Gesicht, sie zog den Schlafsack bis zum Kinn. Nick zappelte sich frei, streckte die Füße aus dem Zelt, verharrte, atmete tief, sah in den schwarzen Raum der Nacht, der sich über das Zelt, den See, den Wald gestellt hatte. Die Luft roch nach Nüssen und Laub, als sei der Herbst gekommen. Nick saß und konnte weder vor noch zurück. Mika sah seinen Rücken sich heben und senken, und weiße Fahnen, die ihm von den Lippen rissen. Er beugte sich nach vorn und suchte nach den Schuhen, er zog den einen an, verharrte wieder. Mika legte eine Hand auf seine Schulter.

»Such dir einen Stern, der nur schwach leuchtet. Siehst du den da?« Sie zeigte ins Schwarze, doch Nick sah nichts. Der Himmel hing voller Regenwolken. »Wenn du einen weit entfernten Stern ansiehst, einen, der schon lange erloschen ist, bevor sein Licht dich erreicht, und du willst ihn ganz genau sehen, dann musst du nicht den Stern fixieren, sondern einen Punkt dicht neben ihm. Nur, was wir nicht fixieren, können wir deutlich sehen. Verstehst du, Nick, das Wesentliche liegt ganz nah neben deinem Ziel, und dabei ist es, wenn du es betrachtest, schon lange nicht mehr da.«

»Du meinst, alles Illusion.«

»Alles schon Vergangenheit. Und wir glauben noch immer an die Gegenwart.« Sie zog ihn an der Schulter. »Komm wieder rein, ich friere so.«

Er ließ sich neben sie sinken, schlüpfte in den Schlafsack zurück, umarmte sie und hielt sie fest. Er atmete ganz ruhig, da fing sie wieder an zu sprechen.

»Nick, weißt du noch, wie wir uns unsere Sünden ausgeliehen haben?«

Keine Antwort. Nick atmete regelmäßig, rührte sich nicht.

»Erinnerst du dich nicht? Für die Beichte vor der Erstkommunion. Wochenlang haben wir sie auswendig gelernt, die lässlichen und die Todsünden. Uns schauderte bei dem Gedanken, einmal, vielleicht ungewollt, sich einer Todsünde schuldig zu machen. Wir haben uns auf unsere Sünden besonnen, alles auf Zetteln notiert und hatten viel zu wenige. Ohne eine rechte Anzahl Sünden ist die Beichte nichts wert, sagten die Großen. Wir haben uns das Hirn zermartert. Ich habe meinen Vater belogen, ich habe meiner Oma fünfzig Pfennig gestohlen, ich habe mein Zimmer nicht aufgeräumt, ich habe meinem Bruder einen Arschtritt gegeben.« Mika befreite sich aus der Umarmung dieses Bruders und sah in sein Gesicht mit den geschlossenen Augen. Sie wusste aus einer Ahnung heraus, dass er nicht schlief. »Der Pfarrer hat uns weitergeholfen und welche genannt, die jedes Kind begeht: träumen, trödeln, unpünktlich sein, ungehorsam sein und unkeusche Gedanken haben. Das haben wir aufgeschrieben, aber zuerst und damit es sich lohnt, haben wir es gemacht. Das war uns immer noch zu wenig. Erfinden wir uns welche, hast du vorgeschlagen. Das aber wäre wieder Sünde gewesen. Umso besser, noch eine mehr. Dann hatten wir die Idee, uns unsere Sünden auszuleihen. So vervollständigten wir unsere Listen und wussten im Beichtstuhl so viel zu sagen, dass der alte Pfarrer Hölzinger uns die Absolution erteilte, noch bevor wir fertig waren. Meinst du, er hat gemerkt, dass er zweimal dieselben Sünden erlassen hat? Hätten wir nicht das Ausleihen auch beichten müssen?«

Nick hob den Kopf und sah Mika nachdenklich an.

»›Spinnst du‹, hast du gesagt, ›dann sind das keine Sünden, von denen wir freigesprochen werden können, und unser Register ist nur um diese eine erweitert, und wir können wieder von vorn anfangen‹«, sagte Mika. Nick tastete hinter seinem Rücken herum, hob die Hand mit der Taschenlampe und funzelte Mika ins Gesicht. Sie ließ sich nicht beirren.

»Genau, und beim nächsten Mal haben wir es so gemacht, dass wir uns die Sünden vorher überlegt und sie mit Absicht begangen haben, damit das Register richtig lang und diesmal ganz wahr war.« Nick hielt die Lampe unter sein Kinn und beleuchtete sein Gesicht, dass es sich in eine kraterzerfressene Gipfellandschaft verwandelte.

»Da hat das Beichten überhaupt erst Spaß gemacht.« Er leuchtete sich in den Mund, sein Gesicht glomm von innen wie das eines Zuckerrübengeistes.

»Vater, ich habe gesündigt vor dir; ich bin nicht wert, dein Kind zu heißen«, sprach er in den Strahl der Lampe. Mika lachte hell.

»Und dann die Lossprechung.«

»Und die Erleichterung danach. Diese Leichtigkeit, das Gefühl von Sauberkeit und Unschuld.«

»Schon während du in der Kirchenbank sitzt, im Gesangbuch blätterst, deine Bußgebete sprichst. Gegrüßet seist du, Maria, Vater unser. Was weiß ich.«

»Oder das: Vater, du willst, dass wir zueinander finden und uns glücklich machen.« Sie sieht nach dem Bruder von der Seite, der leuchtet in den Zeltgiebel. »Und dann kommst du aus dem finsteren Kirchenschiff in den hellen Frühlingstag, und in der frischen Luft bist auch du ganz neu und rein«, fuhr sie fort. »Hölzinger wäscht nicht nur sauber, sondern rein.«

»Ich wusste vorher gar nicht, wie glücklich ich sein kann«, sagte Nick.

»Bis es von vorn beginnt und du dir für die nächste Beichte wieder Sünden zulegen musst. Begangen oder erfunden. Ständig mussten neue her. Ich habe in der Klassenarbeit abgeschrieben, ich habe meinen Bruder an den Haaren gezogen, ich habe seine Schallplatte zerkratzt, ich habe über meine Freundin gelästert. Ich habe geraucht, gekifft, gesoffen, ich habe geknutscht und bin nachts durch das Fenster abgehauen. Ich habe geklaut, und ich habe mich anfassen lassen. Ich bin mit dem Earl in den Wald gefahren. Und habe seinen Saft geschluckt.« Mika stockte.

Nick drehte sich zu ihr und richtete den Strahl direkt in ihre Augen.

»Was sagst du da?« Mika presste die Lippen aufeinander und drehte sich weg. Da rollte er dicht an sie heran und warf einen Arm über sie und flüsterte in ihren Nacken: »Und die Erleichterung, das Gelöstsein, das Glück war nie wieder so überwältigend wie beim ersten Mal, stimmt's?«

Er zog sie an der Schulter, dass sie sich ihm zuwandte. Sie umschlang ihn mit den Armen, er sollte sie befreien, und klammerte sich an ihm fest, rollte noch einmal auf dem stampfenden Boot in der feuchten Hitze den schweren Körper des Steuermanns über Deck, packte ihn an den Händen, der Kapitän umfasste seine Schenkel, und gemeinsam schwangen sie den Toten über Bord und sahen, wie der Fluss ihn mit sich zog, das Hemd gebläht, das Segel eines Totenschiffs, doch diesmal hatte Mika den schwarzen Mann nicht losgelassen und wurde von der Strömung in den Fluss hineingezogen, weg vom Boot und in die trübe Tiefe, auf den Grund, dahin, wo das Wasser nicht mehr zu fließen scheint und nichts zu hören ist, da, wo die toten Männer liegen, die schlammbedeckten, fellbewachsenen, mit langem Strähnenhaar, der wilde, ungezähmte Kerl in ihr, er stürzte und stülpte sich über und auf Nick, er küsste ihn auf und in den Mund. Der wehrte sich nicht. Er konnte sich nicht befreien vom Alb der Schwester, der schwarze Mann half ihr, den Bruder zu zwingen, dass er sie vom Schrecken der Gewalt erlöste. Sie zappelte auf ihm, und wie zwei feuchte

Tierchen krochen ihre Lippen über sein Gesicht. Er öffnete den Mund und machte ein Geräusch, das weniger einem Seufzen, eher einem Schluchzen glich. Die Zärtlichkeiten gingen über ihn hin, er nahm sie still entgegen. Starr lag er unter ihr, die auf ihm ruhte, Wange an Wange, müde und gleichzeitig gespannt, und ihre Körper waren völlig deckungsgleich, und Mika zappelte ein bisschen. Die Schlafsäcke rieben sich aneinander mit feinem Geräusch.

»Weißt du noch«, fing sie wieder an, »wie sie uns für Zwillinge gehalten haben, früher? Mick und Nick haben sie uns genannt.«

»Du erdrückst mich«, sagte er und dringlicher: »Geh runter.«

Sie aber schlängelte auf ihm, schneller und schneller, dann zitterte sie und suchte wieder seine Lippen, er wandte den Kopf zur Seite und hielt sie fest in seinen Armen, damit sie endlich Ruhe gab. Da lag sie still, weinte und bewegte sich nicht mehr. Und plötzlich hob sie den Kopf und sah ihn an. Sie spürte seinen ganzen Körper, jede Faser und die Erregung, die sich aufbäumte zwischen ihnen, sich ihr entgegenstreckte, und sah den Bruder an und wusste, dass er wusste, dass sie wusste, und sah die Wut, die jetzt in seinen Augen stand. Er sah geradewegs in ihre Augen, die Pupillen weite Löcher ohne Grund. Darin der Eisenhans. Sie wusste nicht, was tun, und lachte laut vor Schreck. Da trat ein wilder Hass in seine Augen, zwei Hände, Finger, hart wie Stahlschnüre, packten sie und stießen sie zur Seite, sie fiel, er war schon aus dem Schlafsack, Zelt auf, griff nach den Schuhen, verharrte einen Wimpernschlag lang, nahm einen Atemzug auf der dünnen Schwelle aus Gummi und

Stoff, streckte sich in die Nacht und sprang hinaus. Verschwand.

Mika lag in der Kälte, und die Taschenlampe flackerte. Das Zelt stand offen, sie dachte an die kleinen, runden Scheibenfächer der Taschenuhr, das zeigerlose Blatt, das zierliche Laufwerk voller Rost. Sie weinte, weil sie Nick verloren hatte und er sie nicht befreien konnte von dem Geröll in ihr, das mit jeder Bewegung polternd durcheinanderstürzte und die Kammern ihres Herzens wundstieß.

Die Lampe flackerte, erlosch. Mika schloss das Zelt und krümmte sich zusammen, die Arme um die Knie geschlungen.

18

Ein dunkelgrüner Flaschenboden der See. Schwarzer Wald umstand das Wasser, davor im Hellgrün der Wiese das Zelt, als gehörte es immer schon dahin. Es vervollständigte die Landschaft und nahm ihr den Schrecken des Menschenleeren und Abgefundenen einer Natur, die sich selbst genügte. Ein Morgenfisch sprang aus dem Wasser, schnappte ein ahnungsloses Insekt, fiel platschend zurück. Die Landschaft stand starr hinter einem Nebelschleier, einzelne Streifen zogen wie Flusen von Zuckerwatte darüber hinweg. Der verregnete Sommer hatte einen kühlen Morgen hervorgebracht, in dessen östlichstem Winkel jetzt ein schüchterner Sonnenaufgang den Horizont blassrot färbte.

Mika saß am Ufer und keuchte. Sie war schnell um den See gelaufen und sah nun von der Stelle, an der Nick sie gefunden hatte, zurück auf das Zelt, das da offen stand, leer. Müll rundherum. Sie musste daran denken, dass nur das dünne Tuch des Zelts sie in der Nacht von der Landschaft und dem Schrecknis ihrer Einsamkeit getrennt hatte und dass sie dem jetzt schutzlos ausgeliefert sein würde. Doch fürchtete sie sich nicht. Sie war in der Schutzlosigkeit des Waldes gewesen, sie war der Wildnis begegnet. Tagelang.

Nächtelang. Nick war der Verletzliche von ihnen beiden, und sie hatte ihn verloren. Mika machte den Käuzchenruf. Keine Antwort. Nick war in der Nacht verschwunden und nicht wieder zum Zelt zurückgekommen. Mika hielt die Hände zusammen und blies durch den Spalt zwischen den beiden Daumen, lauschte. Keine Antwort. Sie hatte Nick verloren, alles verloren, nichts konnte ihr mehr passieren. Noch einmal machte sie den Käuzchenruf, ließ den Blick langsam über den Waldrand am anderen Ufer schweifen. Nichts. Der Bruder blieb verschwunden. So schulterte sie den Rucksack und sah in den Himmel. Von Westen drückte bereits wieder eine Regenwand heran. Schnell machte Mika sich auf den Weg, fand eine Öffnung im Dickicht des Unterholzes, betrat den Wald und fand nach kurzer Zeit in einen kräftigen, gleichmäßigen Tritt.

Viele Stunden musste sie laufen. Nach einem hastigen Marsch durch die Baumschluchten war sie auf die Landstraße geeilt und ihr auf einem langen Umweg bis zu jener Stelle gefolgt, an der Earl von der Straße abgebogen war, um eine »Abkürzung« zu nehmen. Sie schlich durchs Gehölz, pirschte sich bis zu der Stelle heran, wo sie den Mann zurückgelassen hatte. Sie wusste nicht, was sie dort wollte. Sehen, ob er noch da lag, ob der Stein noch da lag. Aber nein, er war höchstens bewusstlos gewesen. Zunächst dachte sie, sie hätte sich in der Stelle geirrt, denn sie fand nichts, keine Spur, keinen Hinweis auf die Schrecknisse dieser Nacht. Nicht ein Zweig gekrümmt, kein Farn zertreten, und auch der Stein, an dem doch Blut und Haare kleben mussten, war weg.

Sie zweifelte an ihrem Verstand. Es konnte nicht sein, es war geschehen, hier im Wald und nicht nur in ihrem Kopf.

Es konnte nicht sein, dass das nur Einbildung war. Vielleicht, wenn sie sich auf diesen Baumstumpf setzte und sich alles noch einmal vorstellte. Jede seiner Bewegungen, als er seine Hose öffnete, sein Lächeln, seine Hand an ihrem Hals, die sie nach unten drückte auf die Knie. Mika merkte nicht, dass sie die Augen zudrückte, dass ihr Atem stockte, dass sie die kalten Hände rang. Starr saß sie da und wartete, dass es vorbeiging. Und als sie die Augen öffnete, fiel ihr Blick auf etwas Helles, Blinkendes. Es lag im dicken Nadelteppich fast verborgen, sie warf sich der Länge nach hin und griff danach. Es war ihr Taufkreuz. Mechthild.

Auf einmal spürte sie die Stille um sich wie eine kalte Umklammerung, und schlagartig füllte sie ein nie gekanntes Grauen von den Zehen bis unter die Schädeldecke. Wie im Traum hob sie sehr langsam und gegen einen fast unbezwingbaren Fließwiderstand den Kopf, den Oberkörper, hockte sich in einer ungeheuren Anstrengung auf die Fersen, stemmte die Hände auf den Waldboden, drückte sich hoch, hob ein Bein, das andere und rannte, rannte, wie sie nie gerannt war in ihrem Leben.

Noch im Zwielicht der regenverhangenen Landstraße rannte sie, schneller als je und ohne anzuhalten. Der Rucksack sprang auf ihrem Rücken hin und her, sie schwitzte in ihrem Parka, breite Rinnsale Schweiß rannen ihr aus den Haaren, sie rannte mit zurückgeworfenem Kopf, weit geöffnetem Mund, keuchte, spuckte, lief und lief. Irgendwann kam sie an die Kreuzung mit dem Schild »Sonnensee 6«, wo der Earl in die falsche Richtung abgebogen war. Sie setzte sich völlig ausgepumpt an den Straßenrand. Nichts zu trinken. Die Zunge klebte am Gaumen. Sie kletterte in den Straßengraben, in dem ein grasüberwachsenes Rinnsal lief. Kurz zögerte sie, dann hielt sie die Hand ins Wasser und wartete, bis sich ein Schluck angesammelt hatte. Sie schlürfte viele Handvoll, bis sie sich erfrischt fühlte und neuen Mut gefasst hatte. Im Rucksack fand sie noch ein Stück altes Brot und eine Dose Corned Beef. Die schraubte sie auf und aß sie leer.

Viele, viele Stunden musste sie gehen. Es war schon lange Nachmittag, dann Abend geworden, als sie dahin kam, wo ihr Fahrrad lag. Hier war der Wagen des Struppigen gestanden, hier das Motorrad an ihr vorbeigeschossen, der Earl mit dem Goldhelm, die langen Haare im Wind. Es war möglich, dass er es nicht so gemeint hatte, dass er sie liebte wie sie ihn und es nicht anders zeigen konnte. Das war möglich, dachte Mika. Dann hielt sie inne und schlug sich für ihre Dummheit selbst ins Gesicht. Sie zerrte das Rad unter dem Gebüsch hervor, in das Earl es geworfen hatte, stieg auf und fuhr davon, so schnell sie konnte. Weg, nur weg.

Sie klammerte sich an den Lenker, trieb das Rad hügelauf, hügelab, weiter und weiter, nach Hause zurück. In schneller Folge gingen ihre Beine auf und ab und auf und ab und brachten sie voran durch den kühlen Sommerabend. Schweißtropfen fielen aus ihren Haaren, ihr war schwindlig vor Müdigkeit, als sie auf der Anhöhe über der Stadt ankam und den Schlossberg in rasender Fahrt hinunterfuhr und trotzdem noch die Pedale trat, besinnungslos vor Schreck darüber, was vorgefallen war mit Earl, mit Nick, mit Earl, mit Nick.

Sie schämte sich und wusste, das würde nie vorbeigehen. Das war weder zu beichten noch zu büßen. Das war vorgefallen, sie hatte es verschuldet, es würde in ihr wachsen und sie zu einer machen, von der sie sicher war, dass sie die nicht werden wollte, doch wusste sie keinen Weg zurück. Und so raste sie vorwärts im Sturzflug den Berg hinab. Wie eine Fahrt auf der Achterbahn wollte sie, dass dieser Augenblick der besinnungslosen Fahrt anhielt und sie einer Entscheidung enthob, was zu geschehen hätte, stünde sie wieder still. Sie fuhr und fuhr. Jetzt abbiegen von der Straße, weiter den Berg hinunter und, den Blick auf den geschotterten Feldweg, kurz vor dem Sturz die Pedale mit dem ganzen Gewicht zurücktreten, sich an den Bremsgriff krallen, in einer Staubwolke zum Stehen kommen, das Vorderrad unter dem rot-weißen Plastikband, das den Weg versperrte. Die Staubwolke verzog sich und hinterließ den schmierigen Geruch verwesender Fische. Sie kroch mit dem Rad unter der Absperrung hindurch, schob es den Weg hinab und auf die Fischweiher zu. Durch ein kleines Gehölz kam sie wieder ins Offene, an Stoppelfeldern vorbei und bis zu den Weidenbäumen, die die Weiher umstanden.

Mika legte das Rad hin und näherte sich den Weihern. Im Wasser schwammen weniger Fische, als damals auf dem Zeitungsfoto abgebildet waren. Das Wasser war gesäubert worden, doch nicht an den unübersichtlichen Stellen, im Schilf und unter dem überhängenden Ufergebüsch, wo sich die vergessenen Fische zersetzten. Mika stocherte nach einer der gequollenen Leichen, bis sie aufbrach und sich in trüben Flüssigkeiten, Fetzen und kleinen Fleischstücken auflöste.

Motorengeräusch. Sie warf den Stecken weg und erhob sich. Eine himmelblaue Limousine näherte sich schnell von der anderen Seite des Wegs. Sie schlüpfte hinter ein

Gebüsch und beobachtete, wie der Wagen auf den Weiher zuhielt, die weißen Rücklichter aufleuchteten und er Heck voran ans Wasser fuhr. Die Fahrertür klappte auf, Mika duckte sich. Der bärtige Schneckenmann stieg aus, öffnete den Kofferraum und hob eine schwere Kiste heraus, die er am Ufer absetzte und öffnete. Klappernde Geräusche. Der Struppige hantierte herum, kniete nieder und fischte mit einer Stange, an deren Ende ein Glasröhrchen befestigt war, im Wasser. Dann zog er die Stange ein, nahm das Röhrchen ab, verkorkte es, beschriftete es und stellte es in die Kiste. Das wiederholte er an verschiedenen Stellen des Weihers. Dann fischte er mit einer Art Zange nach Fischfetzen, schob sie ebenfalls in Reagenzgläser, gab in manche eine Flüssigkeit hinein, in andere nicht, und verstaute die Röhrchen in der Kiste. Mit einer Schaufel sicherte er etwas Erde und schnitt zum Schluss Teile der Pflanzen ab. Als er fertig war, richtete er sich auf, sah sich nach allen Seiten um, hob die Kiste ins Auto zurück und schlug den Kofferraumdeckel zu. Dann trat er, als würde er nichts ahnen, auf das Gebüsch zu, hinter dem Mika mit angehaltenem Atem saß. Mit einem Schwung der Arme bog er die Zweige zurück und sah ihr mitten ins Gesicht. Mika sprang hoch und wollte abhauen, als der Struppige sie fragte, ob sie etwas beobachtet habe. Mika zögerte. Da lachte er sie an und reichte ihr die Hand. Auf einmal merkte sie, wie müde sie war, und ohne weiter nachzudenken, nahm sie an und ließ sich heraushelfen. Der Mann trat an sein Auto und holte eine Sprudelflasche. Er nahm einen Schluck, dann reichte er sie ihr. Mika trank gierig.

»Und, was hast du gesehen?«

Mika teilte ihm ihre Beobachtungen mit, er fragte sie, was sie daraus schließe.

»Chemische Versuche. Sie wollen das Material untersuchen, um herauszufinden, weshalb die Fische sterben?«

Es gebe am Oberlauf des Bachs, der die Fischweiher speiste, mehrere Mülldeponien. Mika lachte. Da hatten sie als Kinder oft gespielt und tolle Sachen gefunden. Einmal hatte Sten Hardy eine Hand auf den Kopf gestellt und auf den Handrücken geklatscht, als würde er ein Ei zerbrechen, dann mit den Fingerspitzen ganz leicht vom Scheitelpunkt aus über die Haare gestrichen, als laufe das rohe Ei über sein Haar. Ein bestialischer Gestank hatte sich ausgebreitet, und Hardy musste wutentbrannt feststellen, dass Sten ihm ein echtes Ei auf den Kopf gehauen hatte. Ein sehr verfaultes. Wieder lachte sie. Der Mann sah sie freundlich an.

»Das war wohl das harmloseste Gift dort oben. Ich habe erfahren, dass die Deponien nicht genehmigt sind und keinerlei Schutz gegen eine Grundwasserverseuchung haben. Das Problem gibt es nicht nur hier. In ganz Deutschland wurden in den vergangenen zwei Jahren fast vierzigtausend Müllkippen geschlossen, wusstest du das?«

Mika schüttelte den Kopf. Sie erinnerte sich wieder an die Bürgerinitiative, die ihre Eltern mit Freunden und Bekannten vor einigen Jahren ins Leben gerufen hatten, um gegen die geplante Sondermülldeponie am Oberlauf des Baches zu protestieren. Mika lächelte. Die Waschmitteltrommel, die Unterschriftensammlung, der Wettbewerb unter den Geschwistern. Sie und Nick hatten gewonnen. Die Initiative fand überwältigende Unterstützung. Das pharmazeutische Werk, von dem die Giftabfälle stammten, hatte jedoch bei den kommunalen Behörden Druck gemacht, der Protest wurde von der bürgerlichen Presse verunglimpft und scheiterte schließlich an der Verschleppung durch die Behörden. Sie staunte, denn der Struppige war darüber bestens informiert. Nicht nur das. Er berichtete ihr von ähnlichen Fällen in Hessen, wo giftige Flüssigkeiten und Schlämme in ungesicherte Hausmülldeponien gebracht worden waren. Ein Giftmülltransporteur aus Hanau hatte über sechzigtausend Tonnen gefährlichen Mülls ohne Genehmigung befördert und großteils auf Müllhalden im Rhein-Main-Gebiet und in Südwestdeutschland gekippt, Säuren, Lösungsmittel, Nervengifte. In Bochum lagerten Fässer mit Cyanid auf einer Müllkippe, Pharmazeutika, Arsen und Opiate waren in Holstein sichergestellt worden. Er kam auf den Umweltskandal in Plüderhausen zu sprechen, Mika hatte davon gehört, doch dann behauptete er, von einer Giftmüllkippe in einem Kratersee bei München zu wissen, wo sich ein Autoreifen innerhalb von zwei Tagen völlig aufgelöst habe. Das wiederum konnte Mika nicht glauben. Doch der fuhr fort: In Hessen drückte eine Pumpe heimlich Abwässer in den Urseltalbach, in Hademar regnete es bei einem Brand auf der Deponie Rußflocken dicht wie Schnee, in Offheim rosteten Hunderte Fässer mit blausäurehaltiger Salzschlacke vor sich hin, und bei Ludwigsburg leitete ein Chemiegroßhändler seine giftigen Abwässer sorglos ins Grundwasser.

»Skandale ohne Ende«, schloss er ruhig und scheinbar ungerührt. »Dagegen will ich mit anderen was tun.«

»Indem Sie Reagenzgläser mit Wasser und Erde füllen?« Mika fand das nicht sehr vielversprechend. Angesichts dieser Skandale müssten doch spektakuläre Aktionen gemacht werden, die die Öffentlichkeit und die Presse aufrüttelten. Das Fernsehen anlockten und so fort.

»Das wird ja auch versucht. Doch ist es genauso wichtig, an allen Orten, die möglicherweise belastet sind, Boden- und Wasserproben zu nehmen, sie von einem unabhängigen Institut untersuchen zu lassen und die Ergebnisse genau zu dokumentieren, nur so werden sie in einem Gerichtsverfahren als Beweise zugelassen.«

»Und, was haben Sie hier gefunden?«

Das konnte er noch nicht sagen, er hatte den ganzen Sommer über Material gesammelt, war überall herumgereist und brachte oder schickte die Proben ins Labor, wo sie analysiert wurden. Der Struppige sah zum Himmel, wo die Regenwolken sich lichteten und die Abendsonne zaghaft schimmerte. Bald würde es dunkel werden.

»Komm, du kannst mir helfen.« Er öffnete wieder den Kofferraum und hievte einen Doktorkoffer heraus. Er war bis obenhin gefüllt mit einer Fotoausrüstung. Mika half ihm, das Stativ aufzubauen, und trug ihm die Tasche mit Blitzwürfeln, Filmen und Objektiven nach, als er jetzt begann, rund um den Weiher die Fischleichen zu fotografieren.

»Sie sind …«, begann sie und verstummte wieder. Er knipste.

»Was denn?«

»Warum sind Sie mit dem Wagen im Wald gestanden, da, auf der Straße zum Sonnensee?« Mika stockte. Er sah sie an.

»Ich habe einen Tipp bekommen, dass ein Giftmülltransport in der Nacht auf dieser Straße an den See fahren würde.« Nachdenklich sah er sie an. »Du bist das gewesen. Stimmt. Jetzt erkenne ich dich wieder. Hast mich ganz schön erschreckt.« Er klappte die Beine des Stativs zusammen und ging weiter. Mika ihm nach.

»Sie mich aber auch. Mann, ich dachte der Rübezahl schaut aus dem Fenster, als Sie sich auf einmal aufgesetzt haben.«

»Was hast du denn da gemacht? So spät allein in der Nacht. Nicht ungefährlich für ein junges Mädchen.« Er sah sie nachdenklich an.

Ihr sprangen die Erinnerungen aus dem Bauch in den Kopf und wurden hinter den Augen zu grellen Fratzen. Sie setzte die Tasche ins Schilf.

»Ich muss gehen.«

Und weg, nichts wie weg, um den Weiher, hinter das Gebüsch, das Fahrrad hochreißen. Weg.

»Halt, so warte doch!«

Aus dem Augenwinkel sah sie den behaarten Mann ein paar Schritte hinter ihr herlaufen, dann blieb er stehen und schaute ihr mit hängenden Händen nach.

19

Langsam schob sie ihr Rad nach Hause und wunderte sich nicht, als sie in ein stilles, kühles Haus kam. Sie war völlig entkräftet und hatte das Gefühl, falsch zu sein. Verkehrt. Es war düster wie immer. Sie rief und erhielt keine Antwort. Die Tür zum Atelier des Vaters stand offen, Werkzeuge lagen auf dem Boden, Flaschen standen herum, über alles hatte sich dünn der Staub gebreitet. Er wolkte aus den Polstern der Chaiselongue, auf die sie sich jetzt fallen ließ. Müde blickte sie um sich. Der Raum war leer, bis auf die Werkbank, die Holzschemel und Drehböcke für die unfertigen Arbeiten. Der Vater hatte alle Skulpturen mithilfe der Flaschenkettenzüge und der Lasttraverse nach draußen geschafft, wo er sie in der zufälligen Ordnung, die sich über Jahre hinweg ergeben hatte, vor den Fenstern stehen ließ. Auf dem Arbeitstisch und am Boden lagen Skizzen und Pläne für das Relief, die Arbeit, die den Vater plötzlich weggerufen hatte und kurz darauf, als der Streit mit dem Bauunternehmer eskaliert war, ein Gerichtsverfahren unumgänglich gemacht hatte.

Mika zog sich die Decke unters Kinn und sah schläfrig im Raum umher, da entdeckte sie auf einem Drehbock im hinteren Teil des Ateliers den mit schwarzem Tuch verhängten Stein, der ihr beim Fest aufgefallen war. Es war die einzige Arbeit, die der Vater im Atelier gelassen hatte. Ein breitschultriges Wesen, ein Zwerg oder Gnom, hockte oder kauerte da, den Kopf zwischen den Schulterblättern vergraben. Sie wollte aufstehen und nachsehen, was es mit der Skulptur auf sich hatte, doch war sie zu müde. Stattdessen schob sie die Hand unter die Wange, sah in den breiten Streifen Mondlicht, der durch die Flügeltüren fiel und als helles Laken auf dem Boden lag. Kaskaden von Staubteilchen sanken darauf nieder. Ein Sternenregen, Nick, er fällt auf uns.

»Mick, Mickey. Wir sind ja so froh, dass du zurück bist.« Die Hand des Vaters fasste sie an der Schulter, rüttelte sie wach. Dann hockte er sich vor ihr nieder, sah sie an. Es war dunkel geworden. Mika konnte seine Augen nicht sehen. »Deine Mutter hat sich Sorgen gemacht. Wir waren drauf und dran, dich suchen zu lassen.« Eine Nachtlandschaft sein Gesicht.

»Mick, hörst du mich?« Sie schüttelte die Hand ab, setzte sich auf und sah wieder aus dem Fenster, nach dem Mond. Er schaltete die Fotolampen ein. »Gut, dass du wieder da bist. Lass dich anschauen.« Er hob ihr Kinn und sah ihr in die Augen.

Sie senkte den Blick. Sie wusste, dass er es sah. Sie wusste, dass er wusste, was mit ihr geschehen war. Sie schämte sich und schloss die Augen.

Der Vater rüttelte ihr Kinn ein bisschen. Und was sie früher so gern gehabt hatte, dass ihr Kopf hin und her wackelte wie bei einer Marionette am losen Faden, passte nicht mehr. Nicht mehr zu ihr, nicht mehr zu ihm mit seinem grauen Gesicht und nicht mehr dazu, wie sie zueinander standen. Er schien es ebenfalls zu bemerken, denn er wandte sich ab, stand auf und schlüpfte in seinen Arbeitskittel. Dann schob er die Lampe zum Drehbock und war im Begriff, das schwarze Tuch abzunehmen, als Mika sagte: »Ich hoffe, er ist tot. Er soll nie mehr zurückkommen. Ich will nichts mehr mit ihm zu tun haben. Er soll nie mehr zu dir kommen. Nie mehr.«

Der Vater sah sie an. Ein Wellengeriffel die Stirn.

»Das kann ich gut verstehen. Aber so etwas darf man nicht sagen. Nicht einmal denken darf man das.« Er nahm das Tuch von der Skulptur, richtete die Lampe und begann zu hämmern. Er dachte, Mika spräche von dem Kleinen.

»Verrecken soll er. Abkratzen und weg sein für immer.« Sie sprach in die giftig hohen Klänge, die das Metall aus dem Stein schlug. Der Vater hatte die Schutzbrille auf und arbeitete mit zusammengepressten Lippen. »Hörst du mich, hörst du mir überhaupt zu? Kannst du nicht einmal aufhören zu arbeiten und für uns da sein!« Und dann leise, wie zu sich selbst: »Du kennst uns nicht, du kennst ja nicht einmal dich selbst. Weißt du, wer deine Freunde sind, wer sie wirklich sind?«

Er bearbeitete den Steinblock, der eine Farbe hatte, rosabeige wie gekochter Schinken. Deutete mit dem Eisen auf die Arbeit, fragte: »Wo finden wir diesen Stein? Richtig, das Baumaterial der Frankfurter Paulskirche, Sitz des ersten deutschen Parlaments«, gab er sich selbst die Antwort, da Mika, die das alles kannte, die Augen verdrehte. Sie konnte nicht sehen, was der Vater aus dem Stein herausholte, nur dass es keine Skulptur war, kein Kunstwerk, sondern ein blödes Grabmal. Böse starrte sie in seinen Rücken und sagte: »Rot muss er sein, ich weiß, rot wie der Sozialismus, der Fortschritt, die internationale Solidarität. Das«, sie hielt einen Brocken in die Höhe, »ist aber nicht rot, es ist rosa wie Leberkäse. Hast du gehört, was ich gefragt habe?«

Der Vater antwortete nicht.

»Weißt du, wer deine Freunde sind? Nein. Du kennst sie nicht. Du kennst niemanden. Am wenigsten mich.«

Sie stand auf und wollte das Atelier verlassen, doch der Vater hielt sie am Handgelenk, zog sie zu sich und legte den Arm um sie und klopfte auf seine Schenkel als Einladung, auf seinen Schoß zu setzen. Mika blieb steif stehen und wartete, was er zu sagen hätte.

»Kennst du den?« Er deutete auf die Gestalt vor ihnen, die breitärschig auf dem Grabstein hockte. Sie zuckte die Achseln. Was sie sah, war ein plumpes Pferd von der Größe einer Melone, das sich auf der Hinterhand stehend aus dem Stein wand und umso lächerlicher wirkte, als es am Rücken zwei winzige flossenähnliche Auswüchse hatte, die wohl Flügel darstellen sollten. Pegasus, wie er hässlicher nicht sein könnte. Dass ihn die Wucherungen an seinem Rücken würden tragen können, widersprach dem Gesetz der Schwerkraft. Im Trickfilm war das vielleicht möglich, doch dieser würde keinen Millimeter in die Höhe kommen. Aber würde dieser überhaupt je fliegen müssen, schwer und steinern, wie er war?

»Ja. Und?« Bevor der Vater antwortete, fiel ihr Blick auf den unteren Teil des Blocks mit dem Grundriss eines

Quadrats. Ein Stern und ein paar Zahlen waren darin eingemeißelt. Es war das Geburtsdatum des Kleinen. Darunter ein Kreuz.

»Und?«, fragte sie noch einmal, jetzt, um den Vater zu reizen. Der beschäftigte sich mit dem rundlichen Gesicht des Pferdes, den leeren Augenhöhlen, den dunklen Nüstern und tätschelte den grobschlächtigen Körper.

»Hab ich dir den Panzer weggehauen. Hast lange warten müssen, bis ich dich gefunden hab. Jetzt kannst du rauskommen, und wenn du wegfliegst, nimmst du mir den Kleinen mit. Der kann nicht selbst fliegen.« Mika musste lachen. Sie hasste es, wenn er sprach, als wäre sie noch ein kleines Kind.

»Der bringt nicht mal sich selbst hoch, wie soll er da den Kleinen tragen, das ist so dumm. So dumm.« Der Vater hatte ihren geheimen Wunsch ausgesprochen, ja, er hatte womöglich denselben Wunsch. Doch das war nichts Verbindendes zwischen ihnen. Und dumm war er, weil er nicht mal bemerkt hatte, dass dem Kleinen schon Flügel gewachsen waren, denn das war der Grund, warum er in der Engelfabrikationsanstalt war.

»Den Chimären trotzen und den Kleinen in den Himmel tragen«, hörte sie den Vater mit dem Stein reden, als sie in den Garten lief und sich auf eine Bank setzte. Über ihr verknäuelten sich die Äste einer Ulme und bildeten ein Blätterdach. Doch vor ihr leuchtete das Sommerdreieck und in ihm Schwan und Adler, Deneb, Wega, Atair, spitzwinklig, scharf, wie aus dem Nachthimmel gestochen. Löcher im Schwarz, durch die sie in das Jenseits sehen, jedoch nichts erkennen konnte, selbst als sie mit dem Blick die Sterne absichtlich knapp verfehlte. Sie kniff die Lider zusammen und starrte, bis die Augen tränten, bis sie weinte, doch sie wusste nicht, ob um den Kleinen oder um sich selbst.

20

Der Kleine lebte weiter. Die großen Ferien endeten, und es war, als hätte es sie gar nicht gegeben. Der Sommer war keiner gewesen. In den Hecken lagen Spinnwebnester. Vorboten des Herbstes, die Tautropfen wie Glasperlen an Silberfäden aufgereiht.

Mika fuhr in schneller Fahrt zur Schule. Das schwarze Cape flatterte ihr nach. Sie hatte die erste Englischstunde, und in den Pausen stellte sie sich zu den Großen in die Raucherecke.

Das neue Schuljahr hatte bereits vor vier Wochen begonnen, als eines Morgens Sten und Hardy in den Schulhof fuhren und mit Geschrei begrüßt wurden. Abgemagert und mit struppigen Bärten stiegen sie aus dem Wagen, auf dessen Rückbank sich der Müll und die dreckigen Klamotten gesammelt hatten. Sie erzählten, sie seien den Motorrädern und Mädchen nach England gefolgt und hätten die Festivals besucht, wo sie in Schlägereien und Krawalle mit Polizeieinsatz verwickelt worden seien.

Mika hockte sich nachmittags zu den beiden in Hardys Zimmer und hörte mit ihnen diese Krautrocksachen, Kraan und Grobschnitt und FahrnfahrnfahrnaufderAutobahn. Und während sie sich zu dem sphärischen Sound von Eloy die Köpfe heiß kifften, versuchte Mika, etwas über das Englandabenteuer zu erfahren. Doch so viel sie auch bohrte, die beiden sahen sich an, lachten wissend und winkten ab.

Schließlich gab sie es auf und machte sich auf die Suche nach Nick, doch der war in der Stadt, wo er Tag für Tag vor der chemischen Reinigung herumhing und immer mit Ellen zusammen war. Das Ende der Kindheit sollte kommen. Endlich. Doch stattdessen kamen Fieber und Gliederschmerzen, und Mika musste vier Wochen lang im Bett bleiben. In dieser Zeit machte Nick eine Geburtstagsfete, und danach ging er mit Ellen. Alles rutschte Mika aus den Händen. Sie lag im Bett, las und ließ geschehen, dass ihr Leben ihr entglitt. Nichts hatte sich geändert. Sie war allein, der Kleine krank, sein Zustand labil. Medikamente und Krankheit hatten seine Abwehrkräfte so geschwächt, dass er auf keinen Fall eine Infektion bekommen durfte. Jede harmlose Grippe konnte tödlich für ihn sein. So blieb er, während Mika krank war, im Krankenhaus. Die Mutter war meistens bei ihm. Mika lag mürrisch im Bett und sah die zerkratzte Wand an.

Jeden Tag blätterte sie in der Zeitung auf der Suche nach neuen Nachrichten über das Fischsterben. Es wurde gegen einen Kiesgrubenbesitzer ermittelt, der eine der Mülldeponien oberhalb der Weiher betrieb und dort nicht nur Siedlungsabfälle, sondern auch Sondermüll lagerte. Alle Kinder kannten den Schrottplatz. Alle hatten dort gespielt und Zeug für Hüttenverschläge und Baumhäuser gesucht. Der Eigentümer der Kiesgrube war von einer Umweltschutzgruppe angezeigt worden, das waren Linke von außerhalb und chancenlos, denn dem Kiesgrubenbesitzer gehörte auch die größte Brauerei im Ort, und hier war man sich einig darüber, dass er nicht der Täter sein konnte. Schuld waren die Umweltschützer, »Reingeschmeckte«, die sich in Stadtangelegenheiten einmischten und den ganzen Dreck aufgerührt hatten. Jemand erhob anonyme Anschuldigungen gegen einen angeblich obdachlosen Mann, der den ganzen Sommer herumgefahren war und sich verdächtig gemacht hatte. Er war Mitglied der DKP. Das schrieben sie in den Leserbriefen. Mika hatte den Struppigen und sein himmelblaues Auto seit ihrer Begegnung am Weiher nicht mehr gesehen und stellte fest, dass er ihr fehlte. Erleichtert las sie, dass ihm nichts bewiesen werden konnte. Er hatte, wie sich nach seiner Verhaftung herausstellte, versucht, durch Wasseranalysen den Ursachen des Fischsterbens auf die Spur zu kommen, und musste nach mehreren Tagen Untersuchungshaft wieder auf freien Fuß gesetzt werden. Seither war er nicht mehr gesehen worden.

Ungeduld und Unlust trieben Mika wieder in die Schule. Alles war besser, als immer mit sich allein zu sein. Ellen saß jetzt in der ersten Reihe und stand in der Pause mit Nick zusammen. Immer mit Nick. Und immer Arm in Arm. Sie und Mika redeten nicht mehr miteinander. Ein paar Mal hatten sie es noch versucht, doch nach wenigen Sätzen nichts mehr zu sagen gewusst.

Am Ende des schnellen, kalten Herbstes gab der Kleine mit einem Seufzer sein kurzes Leben auf. Seine Kindheit war eine immerwährende geworden und Mikas Kindheit an diesem Dezembertag unwiederbringlich vorbei. Alle waren sie da, jeder für sich allein, die Mutter ging im Haus umher und zupfte an den Dingen, als könnte sie sie größer machen, doch zerrupfte sie sie nur. Immer hatte sie etwas zwischen den Fingern, ihr Taschentuch, eine Zigarette, die sie nie rauchte, ein leeres Blatt Papier, eine Tüte mit Puddingpulver. Dummes Zeug, an dem sie mit unruhigen Fingern rumfusselte.

Der Vater stand stundenlang regungslos am Fenster seines Ateliers und sah in den Garten. Die steinernen Gestalten trugen eine nass glänzende Regenhaut. Die älteren unter ihnen einen Schleier aus Moos. Der dicke Pegasus war als Einziger in der Werkstatt geblieben und hockte unter einem schwarzen Überwurf in der Mitte des Raums. Er war fertig. Die Großen dröhnten sich zu, Nick war bei Ellen. Mika hockte in ihrem Baumhaus, es summte in ihrem Kopf, und alles um sie herum passte nicht mehr. Als hätte sie – morgen früh, wenn Gott will – noch einmal versucht, in ihrem Gitterbett zu schlafen.

Im Totenraum war es kalt wie in einem Eisschrank. Es roch nach Bohnerwachs und Blumenladen. Der Kleine lag in einer weiß ausgekleideten Schachtel, einem schneeweißen Reisekoffer. Er war geschrumpft und sah sehr tot aus. Weiß sein Kleidchen, weiß die Blumen, weiß die Fingernagelkrallen an den gefalteten Händen, weiß das Wachsengelsgesicht. Hast du dir schön ausgesucht, dachte sie, ein schöner Weihnachtsengel bist du geworden. Als die Tür des Totenraums hinter ihr sich öffnete und wieder schloss, bewegten sich die Flaumhärchen auf seinem kahlen Schädel ein wenig im Luftzug. Und da dachte sie, dass er die bläulichen Lider öffnen und sie noch einmal ansehen würde, doch nichts geschah. Neben ihr atmete ihr Lieblingsbruder. Sie spürte in der Eisluft Nicks Körper seufzen und seinen warmen Atemhauch über sie hingehen, so leicht. Sie sah ihn an, und ihre Augen brannten. Beide weinten sie nicht.

Tags darauf verschwand der kleine Koffer in einem schwarzen Erdloch, und jetzt weinten alle. Kein Toter war je schneller zu einem Grabmal gekommen als der Kleine. Ickiii. Ein dickärschiges Pferd mit kleinen Flossenflügeln trug ihn auf dem Rücken weg. Sie hob die Hand. Der Fischvogel war tot. Die Luft- und Wasserzeit zu Ende. Mika war nun wie alle anderen. Musste auf der Erde leben bleiben, der Kleine aber ritt davon. Und schrie und kreischte. Ickiii. Sieh mal, ich kann fliegen. Ich bin weg.

21

Am Tag, nachdem sie den Kleinen in die harte Erde gelegt hatten, ging Mika in den wilden Garten und kletterte auf ihren Birnbaum, einen Beutel mit Werkzeug über der Schulter. Sie setzte sich die Mütze mit den langen Bändern auf. Dann räumte sie das Haus leer, warf die Habe ihrer Kinderzeit nach unten. Milchdosen, Taschenlampe, Kekse und eine Tüte Zwieback. Die Blechschatulle mit Pferdezähnen und der Taschenuhr. Zuletzt zwei Bücher und das Schaffell. Tschileka muss brennen. Das Dampfboot fliegt in die Luft.

Sie riss die Plastikplane ab und warf sie durch die Äste hinunter. Dann löste sie mit dem zweizinkigen Zimmermannshammer die Nägel und Klammern, wuchtete Brett um Brett heraus, baute auch den Boden ab, zog zuletzt, auf einem Ast sitzend, die letzten rostigen Nägel wie alte Zähne aus dem Baumfleisch. Als der Baum leer war, nackt und wieder ganz sich selbst gehörte, hangelte sie sich nach unten und durchschnitt mit einem Teppichmesser die Halterungen der Strickleiter hinter sich. In einer schlängelnden Luftbewegung fiel die Strickleiter hinab, und ihr nach folgte das Werkzeug. Mika kletterte bis auf die halbe Höhe ihres Birnbaums, stieg weiter über die tragenden Äste und sprang in die Wiese. Es hatte zu schneien begonnen, schüchterne Flocken fielen und breiteten ein dünnes Tuch auf das gelbliche Gras. Mika warf all ihre Sachen auf einen Haufen, knüllte die Plastikfolie darauf und legte die Bretter darüber. Dann nahm sie die englischen Streichhölzer, ratschte eins an und hielt die Flamme an die Zipfel der Folie, an die feuchten Gräser und die Seiten der aufgeklappten Bücher. Qualm stieg auf. Die Folie schrumpfte und schmorte, die Bretter schwelten. Zögernd züngelten einige Flämmchen. Mika kniete sich davor und begann hauchfein in die Glut zu blasen. Sie pustete gleichmäßig und geduldig, bis ihr schwindlig wurde. Jetzt die Streichhölzer hinein. Ein Zischen, Stichflamme, das Feuerchen kräftigte sich, loderte auf und begann, sich auszubreiten. Lange kauerte Mika vor der schwarzen Rauchsäule und beobachtete den gierigen Fraß. Als das Feuer stark genug war und weder der Wind noch der stetig fallende Schnee es löschen konnten, nahm sie die Mütze vom Kopf und warf sie in die Flammen.

Die Autorin dankt der Literaturkommission und dem Präsidialdepartement der Stadt Zürich für die Unterstützung ihrer Arbeit mit einem Werkjahr.

Die Zitate aus der Erzählung *Herz der Finsternis* von Joseph Conrad
sind folgender Ausgabe entnommen:
Joseph Conrad: *Herz der Finsternis*. Aus dem Englischen von
Fritz Lorch. Zürich, Diogenes Verlag, 1962.

FSC
Mix
Produktgruppe aus vorbildlich
bewirtschafteten Wäldern und
anderen kontrollierten Herkünften
Zert.-Nr. GFA-COC-001262
www.fsc.org
© 1996 Forest Stewardship Council

Verlagsgruppe Random House FSC-DEU-0100
Das für dieses Buch verwendete FSC-zertifizierte Papier *EOS*
liefert Salzer, St. Pölten.

1. Auflage

Gestaltung und Satz: DVA / Brigitte Müller
Gesetzt aus der Dante
Druck und Bindung: Friedrich Pustet KG, Regensburg
Printed in Germany
ISBN 978-3-421-04475-4

www.dva.de

Deutschsprachige Literatur bei DVA

ULLA HAHN

Aufbruch

Roman

592 Seiten, gebunden
ISBN 978-3-421-04263-7

Ihr Leben scheint vorgezeichnet: Kinder, Küche, Kirche. Doch Hilla träumt sich weg aus dem Dorf am Rhein. Nichts kann dem Kind kleiner Leute die Sehnsucht nach der Freiheit des Geistes austreiben. Unverhofft bietet sich ihr ein neues Leben …

Nach *Das verborgene Wort* hat die Bestsellerautorin Ulla Hahn erneut ein imposantes Epos vorgelegt, das feinnervig vom Erwachsenwerden, Wachwerden, Menschwerden erzählt.

»*Aufbruch* ist ein brillant erzähltes Sittenbild der frühen und mittleren Sechzigerjahre.« *Literarische Welt*

»Ulla Hahn erzählt anrührend und packend die Geschichte ihres alter ego Hilla Palm.« *NDR*

Deutschsprachige Literatur bei DVA

PATRICK FINDEIS

Kein schöner Land

Roman

208 Seiten, gebunden
ISBN 978-3-421-04417-4

Uwe will weg aus Rottensol, diesem Dorf, das im Wandel der Zeiten allmählich zerfällt. Er geht auf die Walz, möchte bis nach Afrika. Doch ein Hilferuf lässt ihn umkehren. Zurück in der Heimat geht er den Weg zu Ende, den er glaubte, verlassen zu haben.

In einem schwebenden Ton voller Musikalität entlarvt Patrick Findeis in Kein schöner Land die Hölle der Provinz voller beklemmender Eindringlichkeit.

»Patrick Findeis lässt Vergangenheit und Zukunft bedrohlich aufeinanderprallen, entwirft mit sparsamen Worten und Geschick ein Endzeitszenario. Seine Prosa ist kunstvoll, sprachlich und atmosphärisch dicht.«

Frankfurter Rundschau

Deutschsprachige Literatur bei DVA

JO LENDLE

Mein letzter Versuch, die Welt zu retten
Roman

256 Seiten, gebunden
ISBN 978-3-421-04391-7

1984 reist die halbe Republik ins Wendland, um gegen die Castortransporte zu protestieren. Auch Florian, siebzehn Jahre alt, will die Welt verbessern und macht sich zusammen mit Freunden auf den Weg. Es ist der Tag, bevor er stirbt.

Ein Roman voll untergründiger Spannung über eine politisch bewegte Zeit, in der man ohne »Atomkraft nein danke«-Anstecker schon verloren hatte. Eine Zeit, als es auf jede Frage noch eine Antwort gab.

»Lendles Erzählstil ist kurzweilig, deutet Zusammenhänge an statt aus und zeugt trotz seiner nüchternen Lakonie von impressionistischem Beschreibungstalent und subtilem Einfühlungsvermögen.«

Frankfurter Allgemeine Zeitung